KB127784

복수의 길

FUSION FANTASTIC STORY

강준현 장편 소설

복수의 길 7

강준현 장편 소설

초판 1쇄 찍은 날 § 2014년 8월 26일
초판 1쇄 펴낸 날 § 2014년 9월 2일

지은이 § 강준현
펴낸이 § 서경석

편집부장 § 권태완
편집책임 § 박용서

펴낸곳 § 도서출판 청어람
등록번호 § 제1081-1-89호
등록일자 § 1999. 5. 31
어람번호 § 제1-1923호

주소 § 경기도 부천시 원미구 부일로 483번길 40 서경B/D 3F (우) 420-822
전화 § 032-656-4452 팩스 § 032-656-4453
http://www.chungeoram.com
E-mail § chungeorambook@daum.net

ISBN 979-11-316-9175-5 04810
ISBN 978-89-251-3658-5 (세트)

복수의 길 7

강준현 장편 소설

FUSION FANTASTIC STORY

복수의 길

CONTENTS

1장

연환문

내부의 기와 내가 하나가 되는 무아지경을 맛보고 눈을 뜨니 오후 두 시가 훌쩍 넘었다.

함께 손발을 맞춰주던 사조는 다시 정신을 놓고 벌레와 놀고 있었고, 수련장의 사방 문은 닫혀 있었다.

뭐가 그리 즐거운지 킬킬대는 사조님의 웃음소리와 내 덕분에 출입문에 있는 좁은 곳에서 수련 중인 사형제들의 기합 소리가 이제야 들린다.

오전에 보던 세상과 다시 눈을 뜨고 본 세상은 뭔지는 모르지만 달라져 있었다.

"하아~"

길게 숨을 내뱉고 눈을 감았다.

어떤 변화가 있는지 내부를 관조한다.

'!'

두 배나 넓어진 단전이 내공으로 가득 차 있었고, 그 기운은 단전을 시작으로 온몸을 돌아 다시 단전으로 들어가길 반복한다.

기뻤다.

한 단계 벽을 허물어 무술의 실력이 올랐다는 것보다 내공이 두 배나 늘어났다는 것에 눈물이 날 지경이다.

삐걱!

닫혀 있던 나무 문이 열리는 소리에 상념에서 벗어난다.

"끝났느냐?"

"예, 사부님."

"축하한다."

"사조님과 사부님의 은덕입니다."

"허허허, 우리가 무에 한 게 있다고. 그저 길만 가르쳐 준 것뿐인데……."

사부 장성문은 내가 들어 올 때 대략이나마 나의 실력을 알고 있었을 것이다.

그래서 그가 가르친 것은 연환권의 기본에 관한 것이었다.

하지만 때로는 자신이 깨달았던 무술에 관한 얘기를 해줬고, 사조에게 한마디씩 주워듣는 것에 대해서도 별다른 제재를 하지 않았었다.

사선을 넘나들며 배웠던 뿌리 없는 나무에 물을 주어 뿌리를 내리게 한 건 사부와 사조였다.

"이 은혜 절대로 잊지 않겠습니다!"

빈말이 아니었다.

지금은 반드시 내공의 성장이 필요한 시기였기에 더더욱 고마웠다.

"널 완성시킨 사람에게 감사하거라."

"네?"

"넌 이곳에 오기 전부터 거의 완성된 상태였다. 다만 너무 높은 수준의 공부를 기초 없이 배운 게 문제였을 뿐이다."

사부가 무슨 말을 하는 지 이해가 되지 않았다.

물론, 연환문에 들어오기 전이라 해도 사조는 힘들어도 사부와 일대일 싸움을 한다면 이길 수 있었다.

그렇다고 해도 그때가 완성이 되어 있던 시기라니 말도 되지 않는다.

"허허허. 믿기지 않는다는 눈빛이구나?"

"…예, 그렇습니다. 솔직히 사부님의 말씀을 이해조차 할 수가 없습니다."

"처음 네가 우리 문에 들어온다고 했을 때, 내가 너의 몸을 살핀 걸 기억하느냐?"

"예."

몸의 이곳저곳을 주무르기에 그저 근골을 살피는 줄로만 알았다.

"그때 네 몸의 주요 혈이 뚫려 있음을 알았다. 스스로 하지 않았다면 누군가가 해줬을 터. 기억나지 않느냐?"

주요 혈이 뚫려 있었다?

…누가?!

문득 한 인물이 떠올랐다.

"말도 안 돼."

스스로 생각하고도 어이가 없어 생각이 바로 입으로 뱉어진다.

하지만 아무리 섬에서의 생활을 되짚어 봐도 '그'를 제외하곤 없었다.

'말도 안 돼! 그가 왜? 날 죽이지 못해 안달난 사람처럼 굴던 그자가 왜?'

혼란이 왔다.

한데 사부의 말과 '그'를 놓고 생각하자 주마등처럼 스쳐가는 섬 생활에서 이상했던 점들이 톱니바퀴처럼 맞아떨어진다.

단 한 번도 칼을 잡아본 적 없던 고등학생이 사 년 만에 적수를 찾아볼 수 없을 만큼 강해질 수 있을까?

고 선생님에게 배운 최면술이, 보법과 신법이, 안법이, 심법이, 불완전하게 흩어져 있던 것들을 합쳐 만들 수 있는 것일까?

의문이 일자 모든 상황을 의심하게 되었고 그 결론 속에 '그' 가 있었다.

클로버.

그가 날 진정으로 죽이고자 했다면 수십, 수백 번을 죽었을 것이다.

그리고 그에게 죽을 뻔할 때마다 난 정신을 잃었었고, 고 선생님을 보며 깨어났다.

과연 이 모든 것이 우연일까?

꼬리에 꼬리를 무는 생각은 사부님의 음성에 잘렸다.

"너도 모르는 일이었나 보구나?"

"…예."

"내가 괜한 얘기를 해서 심기를 어지럽혔구나."

"아닙니다. 이젠 생각을 정리했습니다."

일단 이 문제는 뒤로 미뤄야 했다.

사부님 뒤로 좁은 앞마당에서 수련을 하던 사형제들이 축하를 하려는지 기웃거리며 다가오고 있었다.

*　　*　　*

목경형 사형을 제외하곤 내가 어느 정도의 경지에 올랐는지를 모르는 사형제들이 아낌없이 나를 축하해줬다.

딱히 무술을 생업으로 삼은 이들도 아니었고, 그저 건강을 위해 배우는 이들이 대부분이었기에 실력이 조금 는 정도로만 생각을 한 모양이었다.

축하주를 쏘라는 사형제들의 성화가 있었지만 저녁에 거하게 쏘기로 하고 바로 도장을 나왔다.

급한 일은 따로 있었기 때문이었다.

내가 향한 곳은 상하이 중심가에서 조금 떨어진 곳에 위치한 Chan' s Investment라는 회사였다.

Chan' s Investment의 건물은 위로만 솟은 상하이의 건물들과는 달랐다.

넓은 대지에 독특하게 디자인 된 5층 건물과 층을 구별하기 힘든 구조의 건물들. 세 개의 건물이 거리를 두고 서 있었고, 네 번째 건물은 아직 공사 중에 있었다.

특히 공사 중인 네 번째 건물엔 한글로 '대양건설' 이라고 적힌 방벽이 둘러져 있는 게 눈에 띄었다.

넓은 잔디밭에 삼삼오오 모여 태블릿 PC를 들고 얘기를 나누는 사람들을 지나 가운데 있는 5층 건물로 들어간다.

"어서 오세요."

고개를 숙여 인사하는 데스크 직원들에게 고개를 끄덕이곤 엘리베이터에 올랐다.

그런데 5층 건물임에도 3층까지만 버튼이 있었다.

호주머니에 있는 카드를 꺼내 그 밑에 달린 기계에 대자

'삐삑' 하는 소리와 엘리베이터가 위로 올라간다.

4층.

엘리베이터에서 내리자 또 다른 유리문이 보인다. 그 앞에 서자 위에 달린 감시 카메라가 날 훑었고 곧 문이 열린다.

몇 개의 보안장치를 더 지나고 나서야 두 명의 인기척이 느껴지는 장소에 도착했다.

"찬, 어서와."

도톰한 입술의 붉은 립스틱, 허벅지가 반쯤 보이는 짧은 치마, 정장을 입었음에도 정숙함보단 섹시함이 느껴지는 제시카가 안길 듯이 다가온다.

"보안장치가 또 늘었네?"

"맥이 불안하대."

맥은 현 드럼프 그룹의 회장이자, 지금은 제시카의 남자 친구다.

"…그래."

'지랄을 해라' 이 말이 목구멍까지 올라왔지만 참았다.

이전까지의 보안 체계만으로도 건물이 무너지지 않는 이상 뚫릴 일은 없었다.

"디오네 언니 보러 왔어?"

"응, 뭐하고 있어?"

"자고 있을 거야. 요즘 잠자는 시간이 점점 늘어나고 있어. 이러다……."

제시카의 표정이 어두워진다.

"이젠 괜찮을 거야."

"정말? 바, 방법이 생긴 거야?"

제시카의 어두웠던 얼굴은 금세 환해졌고, 눈물을 글썽인다.

"좋아하긴 아직 일러. 완전한 치료될지 안 될지는 두고 봐야 하니까."

"그래도 방법이 생겼다니 다행히다."

제시카는 날 안으며 결국 눈물을 흘린다.

디오네를 자신보다 더 아끼는 제시카니 어쩌면 당연한 행동이었다.

기쁨의 눈물을 쏙 빼고 나니 기분이 다시 좋아졌는지 아까처럼 다시 밝아진 그녀.

"좋은 일도 있는데 간만에 어때?"

"……."

하얀 다리가 몸을 감아온다.

진지한 듯 보이지만 장난 끼가 눈에 보인다.

손가락으로 이마를 밀었다.

"친구 사이에 이러면 곤란해."

"친구니까 이럴 때도 있는 거지. 맥도 다음 주에 오기로 해서 좀 외롭기도 하고……."

길고 하얀 손가락이 가슴을 자극한다.

"됐거든. 난 남자 친구 있는 여자한텐 관심 없어."

"맥이 알 리가 없다니까."

"내가 맥이라면 둘 다 죽여버릴 거야."

"……."

강하게 말하니 제시카도 꽤나 놀란 눈으로 피한다.

더 이상의 장난은 사절이다.

맥이 이 옆방에 숨어서 우리를 지켜보고 있다는 건 들어오면서부터 알고 있었다.

질투심이 강한 맥이 나와 제시카 사이를 의심할 것이라 생각을 했었기에 그를 안심시키기 위한 연기에 동참을 한 것뿐이다.

"오호호호호! 맥! 다 들었죠? 내 승리예요. 맥 나와봐요."

뭐가 그리 좋은지 제시카는 팔짝팔짝 뛰며 좋아한다.

빤스 보인다, 제시카.

맥이 미안하다는 표정으로 방에서 나온다.

"찬, 미안해."

"두 사람 지금 날 시험한 거야!"

버럭 소리쳤다.

연기는 마무리가 중요한 법이니까.

"그, 그게 아무래도 제시카와 떨어져 있는 게 불안해서……."

"그 말이 그 말이지. 날 믿지 못하다니 실망이야, 맥."

"찬, 그게 아니래도. 그건……."

"더 이상 듣기 싫어."

맥의 말을 무시하고 위층으로 올라가려하자 제시카가 나를 잡아 세운다.

"미안해, 찬. 이렇게 하자고 계획한 건 나야. 맥이 하도 불안해하기에 이렇게까지 한 거니까 용서해 줘."

"하아~ 용서할 테니 이제 그만해. 하지만 다음에도 이러면 곤란해."

"당연하지. 절대 이런 일 없을 거라 약속해. 그리고 기뻐할 일이 있어."

"뭔데?"

"맥이랑 내기를 했었거든. 만일 찬이 유혹에 넘어가면 내가 미국으로 가기로 했고, 찬이 유혹에 넘어가지 않으면 드럼프 그룹이 가진 Chan' s Investment에 대한 모든 권리를 너에게 주기로 했어. 즉, 상반기 배당금 오억 달러 중 일억 달러가 추가로 네 몫이라는 거야."

Chan' s Investment는 나의 또 다른 신분인 위즐러 챈이라는 중국계 미국인이 중국인으로 귀화를 하며 만든 회사로 되어 있다.

하지만 투자금은 디오네, 제시카, 캐플러 투자 그룹, 드럼프 그룹 이 넷이 4분의 1씩 투자를 했고, 난 그저 바지사장으로 주식의 20퍼센트를 받게 되었다.

물론 서류상으로는 51퍼센트가 내 소유였지만 말이다.

한데 드럼프 그룹의 주식이 내 것이 되면서 상반기 배당금이 두 배로 늘어난 것이다.

2억 달러.

어마어마한 금액임엔 틀림없지만 먹고사는 정도만으로도 만족하는 나로선 딱히 기쁘거나 하진 않다.

그렇다고 공돈을 거절할 생각은 추호도 없다.

"잘 쓸게. 한데 괜찮겠어, 맥?"

"투자 식으로 펀드들 모집했으니 괜찮아. 원금과 수익이 어느 정도 있으니까 그걸로 끝내야지."

많은 돈을 잃었지만 나와 제시카의 관계를 확인해서인지 맥의 얼굴은 오히려 즐거워 보였다.

"난 올라간다."

즐거운(?)시간을 보내려는지 열기를 더해가는 두 사람을 두고 난 5층으로 올라간다.

보안 시스템을 한 번 더 통과하고 나서야 비로소 5층 문이 열린다.

넓은 공간 한쪽에는 운동기구가, 다른 한쪽엔 수많은 책들이 꽂힌 서가가, 마지막으로 햇볕이 비추는 곳엔 몇 명이 누워도 될 만큼 넓은 침대가 놓여 있었다. 그리고 그 침대엔 디오네가 잠자는 숲 속의 공주마냥 누워 있었다.

5층에 올라오자마자 느껴졌던 서늘한 기운은 디오네에게

다가갈수록 싸늘함으로 바뀐다.

"디오네, 나 왔어."

"……."

깊이 잠들었나 보다.

침대 옆에 놓인 의자에 앉아 잠이 든 디오네를 본다.

새하얗던 피부는 투명할 정도로 빛나고 있었고, 관능적이고 우아하던 얼굴은 이젠 쳐다보기가 겁날 정도로 매력적이다 못해 마력적이다.

처음 중국에 도착해 사업을 시작할 때 디오네가 북경과 상하이의 유력 인사들을 만나 최면을 걸었고 마침내 Chan's Investment의 설립을 허락받았다.

하지만 그때 너무 무리를 했다. 그 결과 그녀의 음과 양의 밸런스는 걷잡을 수 없을 만큼 무너졌다.

음양교합법이라도 시행하려 했지만 워낙 내공의 차이가 커 어림없는 일이었다.

그때부터 난 내공을 키우기 위해 많은 여자들에게 음양교합법을 펼쳤다. 그러나 무한정 늘 것 같던 내공도 일정 수준 늘어나자 아무리 음양교합법을 펼쳐도 더 이상 늘지 않았다.

하지만 그대로 죽게 내버려 둘 수는 없었기에 다방면으로 알아봄과 동시에 스스로의 한계를 벗고자 노력했다.

그리고 그 결과 내공이 두 배로 늘어날 수 있었다.

"…으음, 왔어?"

디오네가 잠에서 깬다.

"조금 전에 깼는데 일어나기가 싫어 잠시 눈을 감았는데 잠이 든 모양이야."

잠깐 눈을 마주보던 그녀는 곧 눈을 돌려 천장을 바라보며 말을 한다.

내게 피해가 올까 저어해하는 행동임을 알기에 가볍게 미소 짓는다.

"잠꾸러기가 다 됐군요."

"호호, 그러게. 요즘은 운동하기도 점점 싫어져."

"곧 좋아질 거예요."

"…응."

디오네는 이미 생에 대한 집착마저 사라져 있었다.

"한데 언제 올라왔어?"

"십 분쯤 됐어요."

"그랬구나, 이제 내려가 봐. 난 졸려서 다시 자야겠다."

어제까지만 해도 내가 디오네 곁에 머물 수 있는 시간은 십여 분에 불과했다.

십 분이 넘으면 아무리 내공을 끌어 올리고 최면으로 이성을 잡으려 노력해도 끓어 오르는 욕정을 다스릴 수 없었기 때문이다.

한데, 지금은 너무나 평온하다.

그녀에게서 풍겨 나오는 색기가 폭풍처럼 밀려들었지만

담담하게 받아넘길 수 있었다.

"이젠 괜찮아요."

난 디오네의 손을 잡았다.

화들짝 놀란 그녀는 등을 지며 손을 떨쳐 낸다.

"어, 어서 내려가!"

"디오네, 날 봐요. 이젠 괜찮아요. 그리고 오늘부터 치료를 해볼까 해요."

"…정말 괜찮은 거니?"

디오네가 천천히 돌아본다.

눈을 마주치는 순간 색기의 폭풍에 번개가 내리꽂힌다.

난 디오네와 눈이 마주치자 순간적으로 진탕된 가슴을 진정시키기 위해 내공을 돌려야 했다.

할 수 있을까?

아니, 해야 한다.

디오네의 시간이 얼마 남지 않았음을 느낄 수가 있었다.

"내공이 두 배가 됐어요. 음양교합법을 바로 실행할 순 없지만 조금 응용할 순 있을 것 같아요."

"…위험한 일이라면 난 찬성할 수 없어."

"위험하다고 생각되면 멈출게요."

"응……."

치료법이 없어 죽음을 기다릴 수밖에 없는 상황이라 삶에 대한 집착이 없어졌지만 가능성이 생겼다는 말에 디오네도 생기가 돈다.

난 옷을 입은 채로 그녀의 몸 위로 올라간다.

그리고 두 손을 맞잡는다.

숨소리가 거칠게 들릴 만큼 가까운 거리.

"시작하면 나에게 기운을 보내세요. 그러다 한계에 이르면 왼손으로 기운을 보낼 거예요. 그럼 음양교합법을 할 때처럼 단전으로 유도해 다시 오른손으로 저에게 보내세요."

"응."

난 간단히 설명을 마친 후, 디오네의 입술을 덮어간다.

차가운 입술에 흠칫 놀람도 잠시, 얼음처럼 차가운 음기가 그녀의 입을 통해 나에게 들어온다.

본능적으로 감아오는 그녀의 혀를 무시하고 음기를 빠른 속도로 단전으로 유도를 해 나의 양기와 합쳐진다.

들끓는 나의 양기 속으로 들어간 음기는 순식간에 중화된다.

오른손을 열어 더 많은 음기를 받아들였다.

입과 손으로 음기가 들어오자 양기로 가득했던 내 몸은 차츰 밸런스를 맞춰간다.

지금부터가 중요했다.

음기와 양기가 완전히 반반씩 섞인 상태에서 입술을 떼고 왼손의 기운을 개방했다.

오른손에 들어온 음기는 단전으로 내려가 내 기운과 섞이고 그 기운은 다시 왼손을 통해 디오네에게 전달된다.

'이제부터야!'

디오네에게 전달된 기운은 그녀의 오른손을 통해 단전으로 향했고, 그곳에서 소주천으로 한 바퀴 돈 후, 다시 왼손으로 빠져 나와 나에게로 온다.

이렇게 나와 디오네 두 사람이 마치 한 사람처럼 대주천을 한다.

디오네를 고치기 위해 음양교합법을 연구했다. 그리고 성관계를 갖지 않으면서도 가능한 방법을 찾아냈다.

효과는 음양교합법보다 훨씬 덜했다. 하지만 그만큼 안전했기에 이 방법을 사용한 것이다.

차갑다.

디오네는 내가 예상했던 것보다 훨씬 더 강한 음기를 가지고 있었다.

얼마나 버틸 수 있을까?

내가 정해놓은 한계는 내 몸에 음기가 4분의 3이 찰 때까지, 한데 얼마 지나지도 않았는데 몸이 빠르게 차가워진다.

투명하기만 하던 디오네의 얼굴에 홍조가 보일 때쯤 한계에 이르렀다.

눈빛으로 끝났음을 알리고 서서히 내공의 흐름을 느리게 만들었고, 둘 사이의 연결을 끊으려 했다.

그런데 이게 뜻대로 되지가 않았다.

'끊기지 않아!'

오른손으로 들어오는 기운도, 왼손으로 나가는 기운도 약하긴 했지만 계속되고 있었다.

"……"

당황하는 내 모습을 봐서인지 디오네의 표정도 굳어진다. 그리고 강제로 끊겠다는 표정으로 날 본다.

고개를 흔들었다.

지금 상태에서 손을 떼봐야 둘 다 충격을 받거나 죽을 수 있었다.

어디가 잘못됐을까?

분명 음양교합법을 변경한 후 열 명에게 실험도 해봤었다.

그러나 이유는 금세 추측할 수 있었다.

실험한 여자들과는 내공 차이가 워낙 심해 내 의지로 끊을 수 있었던 반면 지금은 디오네의 내공이 나보다 월등해 끊을 수가 없는 것이었다.

끊을 수 있는 순간은 디오네의 음기와 양기의 농도와 내 몸의 음기와 양기의 농도가 일치할 때밖에 없었다.

이유는 알아냈지만 뾰족한 수가 없다. 몸은 차가워지다 못해 얼음이 되어간다.

이러다 죽겠다 싶었을 때 비로소 농도가 일치하며 손이 떨어진다.

난 디오네의 몸 위로 힘없이 쓰러진다.

"찬아! 괘, 괜찮아?"

"…으, 응. 그냥 밀어서 눕혀줄래요? 이후엔 만지지 마시고요."

"그래!"

디오네는 조심스럽게 날 밀어 침대에 눕혔다.

안절부절못하는 디오네에게 괜찮다고 말해주고 싶었지만 한시가 급했기에 눈을 감는다.

남자인 내가 한 푼어치의 양기도 없다면 어떻게 될지는 뻔하다.

내부를 관조한다.

다행히도 조금씩이지만 새로운 양기가 올라오는 걸 보니 선천지기는 다치지 않은 모양이다.

소주천을 생각하자 단전의 내공이 회전하며 빠르게 위로 솟구친다.

시작된 기운은 적게나마 일어나는 양기를 더하며 몸을 휘돌기 시작했고, 난 단전에 모든 정신을 쏟는다.

음기와 양기의 비율이 3:1이 되었을 때 몸이 약간이나마 정상으로 돌아오는 게 느껴졌다.

눈을 떴다.

시간이 꽤 지났는지 밖은 어두워져 있고 밝은 조명이 켜져 있다.

"괜찮아?"

내 손을 꼭 쥐고 있는 디오네의 모습에 그녀가 얼마나 걱정했는지를 알 것 같다.

"이젠 멀쩡해요."

"정말?"

"보면 알잖아요. 근데 디오네는 어때요?"

"밖에 돌아다닐 만큼은 된 것 같아."

"졸리지는 않아요?"

"왕자님의 키스가 좋긴 좋았나 봐. 몸이 많이 가벼워졌어."

"잠자는 공주님에게 하는 키스는 일주일에 두 번만 가능해요."

"꽤 치사한 왕자구나."

"정력 부족이죠. 하하하!"

"…고마워."

디오네는 부드럽게 날 껴안으며 속삭인다.

"당연한 일인데요."

"그렇게 말해주니 더 고맙고."

쪽!

내 볼에 뽀뽀를 하는 디오네.

치료를 할 땐 몰랐는데 바싹 붙어 있는 그녀의 굴곡과 체향이 코에 스며든다.

한데…

양기가 부족해서인지 전혀 반응이 없다.

"……."

"…저, 정말 정력… 부족인가 보다……."

내가 물끄러미 아래를 보고 있자 디오네도 아래를 봤고 곧 사태를 파악했는지 뒤로 물러난다.

이러다 남자를 보면 반응이 오는 게 아닐까?

문득, 소름이 돋는다.

2장

청소하기 좋은 날

새벽같이 일어나 도장에 다녀온 뒤 향한 곳은 황푸강 동쪽에 위치한 푸동지구의 고층 빌딩 중 한 곳.

빌딩으로 들어가자 한쪽으로 세계 수많은 금융회사의 이름이 적힌 안내판이 보였다.

엘리베이터를 타고 27층으로 올라갔다.

브라운 베어 금융(Brown bear finance)이라 적힌 자동문이 열리고 안으로 들어가자 몇몇 직원들이 고개를 숙여 인사를 한다.

그들에게 눈인사를 하고 사장실로 들어간다.

소파에 앉아 담배를 피던 사내가 나를 보고 담배를 비벼 끄며 후다닥 일어난다.

"형님, 어서 오십시오."

중국으로 따라온 불곰이다.

"한가해 보인다?"

"하하! 오늘은 좀 한가하네요. 앉으십시오."

"환기 좀 시키지?"

"네네."

불곰이 창문을 열자 후덥지근한 바람이 들어와 실내에 가득하던 담배 연기를 날린다.

"보고드릴까요?"

"응."

"지난번 보고 이후로 도박장 두 곳을 차지했습니다. 처리는 기존대로 했구요."

"봉구 형이 없는데도 고생했네."

"큰 곳이 아니라 작은 곳일 뿐입니다."

불곰은 머리를 긁적이며 쑥스럽다는 듯 말한다.

그러나 비록 작은 곳이라고 해도 목숨이 왔다 갔다 하는 일이라는 걸 잘 알고 있었다.

상하이엔 현재 70여 개의 삼합회 조직이 활동 중이고, 그 외 흑사회(중국의 폭력 조직을 아우르는 말)들도 50여 개나 활동 중이다.

천외천 또한 표면적으로는 70여 개의 삼합회 조직 중 하나였다.

처음 천외천이 삼합회라는 사실을 알았을 때 조직원이 팔천만 명이 넘는다는 삼합회와 싸워야 하는 것이 아닌가 해서 꽤나 고민을 했었다.

한데 삼합회가 보스의 명을 따르는 수직적인 조직이 아니라 지역 두목이 실권을 가진다는 걸 알게 되었다.

팔천만 명과 싸우지 않아도 된다는 걸 알고 안심은 했지만 소수의 인원으로 천외천을 상대하는 것은 어려운 일임을 깨달았다.

그래서 봉구 형과 불곰이 상하이에서 파천이라는 조직을 만들어 서서히 세력을 확장하고 있었다.

"그리고 백룡회라는 폭력 조직이 항복을 해왔습니다."

"어떤 조직이기에?"

"조직원 규모는 대략 오십 명. 상해 외곽에서 인신매매, 윤락, 마약 등 안하는 일이 손에 꼽힐 정도로 쓰레기 같은 놈들입니다."

"맞붙은 적이 있었나?"

"세력 확장할 때 두 번쯤 있었습니다. 그때마다 우리 조직에 왕창 깨졌었죠. 조만간 정리를 할까 했는데 갑자기 항복을 해왔습니다."

"항복 이유는?"

"믿으실지 모르겠지만 우리 조직이 마음에 들어서랍니다."

당연히 믿는다.

그것이 조직을 만들고, Chan's Investment에서 벌어들인 돈을 불곰에게 쏟아 부은 이유이기도 하다.

"받아들여."

"예? 그런 쓰레기들로 뭘 하시려고요? 차라리 그들을 받아들이느니 북에서 넘어오는 특수부대원들을 더 모으는 게 낫지 않겠습니까?"

봉구 형을 통해 북에서 중국으로 넘어온 특수부대 출신을 모아 경호대를 만들었다.

그들은 날 따라 중국에 온 일행들을 위한 최소한의 안전장치였다.

"쓰임이 다르잖아."

"…예."

불곰은 알았다 했지만 수긍하지 못한다는 말투가 역력했다.

"잊지 마, 조직원일 뿐 그들은 네 수하가 아냐. 그저 한 가지 목적을 위해 모은 꼭두각시일 뿐이야."

파천은 천외천과의 전쟁에서 내가 움직일 시간을 벌어주기만 하면 되었다.

그 전쟁에서 살아남든 살아남지 못하든 그건 내가 알 바가 아니었다.

"그건 알지만… 시골에서 돈을 벌고자 무작정 상경한 놈들도 있습니다."

"……."

"무, 물론, 형님 말씀을 거역하려는 것은 아닙니다. 그, 그저 그런 놈들도 있다고……."

하여간 은근 자기 사람이라 생각되는 이들은 알뜰하게 챙기는 놈이다.

"그건 네가 알아서 해."

"감사합니다, 형님."

"그 얘긴 그만하자. 그리고 새로운 식구를 받으면 얼마나 더 필요하지?"

"오십 명이 늘어나니 오십억에서 백억쯤 필요할 겁니다."

"삼천만 달러를 입금했다. 곧 더 많은 놈들이 항복해 올 테니 미리미리 준비해 둬."

"알겠습니다."

"기름칠하는 거 잊지 말고."

"물론이죠."

Chan's Investment에서 얻은 이익은 미국으로 갔다가 세탁되어 불곰에게 전해지고 있다.

"조만간 어떤 식으로든 일이 벌어질 거야. 그러니 조심해."

"하하핫! 걱정 마십시오. 제가 누굽니까? 불곰입니다, 불곰."

"큰소리는."

허풍을 치는 모습에 피식 웃음이 나온다.

"내일부터 연환문으로 나와라."

"앗! 정말이십니까?"

"사부님껜 내가 말해놓으마."

"정말 감사합니다! 이제야 형님에게 한 수 배울 수 있겠네요. 핫핫핫!"

불곰은 나에게 무술을 가르쳐 달라고 조르곤 했었다.

그때마다 비인부전이라는 말로 단칼에 거절했었는데 이젠 슬슬 가르쳐야 할 때인 것 같았다.

중국으로 쫓아올 때 까지만 해도 귀찮기만 했는데 어느새 천외천을 없애는 계획에 반드시 필요한 이가 된 것이다.

나는 그가 천외천과의 싸움에서 살아남길 바랐다.

*　*　*

깨달음을 얻은 후 얼마나 강해졌을까?

게임의 캐릭터처럼 레벨업을 해서 근력+5, 지능+5와 같이 수치상으로 나타난다면야 더할 나위 없이 좋겠지만 현실에선 불가능한 일.

내공이 두 배로 늘었고, 스스로 강해졌다는 걸 막연히 느끼고 있지만 정확한 걸 원했다.

섬에서라면 가능했을 것이다.

삼 일에 한 번은 죽음을 각오하고 싸워야 했으니까.

그러나 현재로써는 그저 연환문의 사형들과 대련을 통해 알아보는 수밖에 없었다.

목경형 사형의 손이 목을 향해 찔러온다.

이미 어깨 근육의 움직임으로, 아니, 공격이 시작되는 허리가 꿈틀거릴 때부터 알고 있던 공격을 못 피할 이유는 없었다.

반 발을 내딛으며 어깨를 살짝 움직이는 것만으로 사형의 손은 빗나간다.

그리고 가까워진 그의 가슴을 어깨로 가볍게 밀었다.

텅!

"크!"

가볍게 부딪힌 것치곤 꽤나 묵직한 소리가 났고, 신음 소리와 함께 사형의 큰 덩치는 일 미터쯤 날아 바닥에 나뒹굴었다.

"…망할 자식! 사형에 대한 배려심이라곤 전혀 없구나."

"배려해서 한 판 더 할까요?"

"안 해, 자식아!"

이미 스무 번도 더 망신을 당한 목경형 사형은 일어나 먼지를 털며 대련을 포기한다.

"들어 올 때부터 강하다는 건 알았지만 고작 일 년 조금 넘는 시간동안 의념의 단계라니……. 칫!"

그는 두덜대며 아침임에도 더운 날씨를 피해 그늘진 마루로 간다.

그가 말한 의념의 단계는 연화권의 최고 단계—그래 봐야 한 단계뿐이다—로 생각과 함께 몸이 움직이는 단계를 말했다.

나 이전에는 사조, 사부, 북경에 있는 대사형만이 이 수준이었다고 했다.

물론, 내 상태를 그 단계로 설명하기엔 부족했지만 사부는 그렇게 사형제들에게 말한 것이다.

'역시 부족해.'

의념의 단계라는 세 사람을 제외하곤 최고 고수라는 목경형 사형과 대련을 해봤지만 내 수준을 느끼기엔 너무 부족했다.

사조가 안성맞춤인데 그는 나무 밑 의자에 누워 졸고 있다. 그래서 연환권을 연습 중인 몇몇 사형들을 봤지만 모른 척 수련에만 전념한다.

"어이, 막내! 허리가 내려갔잖아!"

"네네!"

이틀 전부터 연환문에 들어와 기초를 배우고 있는 불곰은 목경형 사형의 고함에 온 힘을 다해 다시 자세를 바로 했다.

아침이라고 하지만 30도 가까운 더위에 그는 온몸이 땀으로 가득했다.

"내가 가르쳐 준 호흡법은 하고 있지?"

"예? 무, 물론이죠."

"호흡에 집중해. 그럼 하는 동안엔 힘들지 않을 거야."

"…네."

정확한 마보 자세를 취하면 처음 하는 사람은 오 분도 버티기 힘들다.

그러나 호흡법과 함께 하면 한결 쉬워지는데 불곰에게 가르쳐 준 호흡법은 연환문 것이 아니라 내가 섬에서 배운 것이었다.

타타타타탁!

부르르 떠는 불곰의 다리가 다시 무너져 간다.

너무 힘들어 호흡에 집중 못하는 듯 보였다. 그래서 자세를 교정해주는 척하며 다리에 있는 혈도를 자극한다.

"……?"

"한결 편할 거다. 대신 호흡법에 집중해."

감각을 둔하게 만들었으니 한 이십 분은 더 버틸 수 있을 것이다.

10시가 넘어가자 기온은 30도를 훌쩍 넘었다.

그래서 마당에서 수련을 하던 이들은 하나둘 그늘진 마루로 들어왔고, 마지막까지 연환권 전반 십육 식을 천천히 펼치던 불곰도 더 이상 버티지 못하고 안으로 들어와 내 옆에 털썩 주저앉는다.

"헉헉, 더워서 머리가 어지럽네요. 감사합니다, 벌컥벌컥!"

불곰은 내가 물을 건네자마자 숨도 쉬지 않고 2리터 물을 들이켰고, 남은 물은 머리에 뿌렸다.

"휴우! 이제야 좀 살 것 같네요. 참! 형님이 말씀하셨던 거 여기 있습니다."

땀에 젖어 축축한 종이를 준다.

지도의 한 부분에 별표가 되어 있고 '백련' 이라 적힌 한글이 적혀 있다. 그리고 뒷장에는 백련이라는 조직에 대해 상세히 적혀 있었다.

"백련은 마약, 장기 밀매, 인신매매를 주 업종으로 하는 놈들로 같은 흑사회들도 꺼리다고 합니다. 몇몇 다른 조직과도 마찰이 있었는데 삼합회 소속이라는 것과 공안 실권자들의 비호가 있어 모른 척 넘어가는 편이라 합니다."

"고생했다."

"별말씀을요. 한데 놈들을 칠 생각이십니까? 그렇다면 애들을 준비하겠습니다."

"아니, 넌 신경 쓰지 마라."

불곰이 준 종이를 대충 호주머니에 쑤셔 넣었다.

내 실력을 측정해 볼 생각으로 조사해 오라고 한 것이니 혼자 처리할 생각이다.

일 년 반이면 충분히 쉬었다.

후덥지근한 바람이 분다.

섬에서 부는 그것처럼 왠지 피 냄새가 섞여 있는 듯해 심장이 서서히 거칠어진다.

쏴아아아아아!

시원한 빗줄기가 한껏 뜨거워진 아스팔트를 식히며 내린다.

우산을 쓰고 백련의 근거지로 향하다 옷가게의 쇼윈도를 본다.

그곳엔 내가 없고 거친 수염을 기른 삼십 대 초반의 사내가 보인다.

인피면구처럼 생긴 실리콘 가면은 짧은 시간 안에 너무나도 쉽게 다른 사람으로 만들어줬다.

빗속을 조금 더 걷자 인적이 드물어졌고, 골목으로 들어서자 공장으로 보이는 백련의 근거지가 나왔다.

철문에 다가가자 목에 문신을 새긴 두 남자가 꽤나 귀찮다는 얼굴로 날 아래위로 훑으며 묻는다.

"무슨 일이쇼?"

"두목 있나?"

"처음 보는 얼굴이신데… 두목님과 아는 분이십니까?"

두목을 들먹이자 조금 말투가 공손해진다.

"아니."

"뭐? 이 새끼가…! 큭!"

"켁!"

눈치만큼 동작은 빠르지 않았다.

2미터가 넘는 철문을 단번에 뛰어넘으며 양손 팔꿈치로 머리를 내려쳤다.

철퍼덕하는 소리와 함께 두 놈이 쓰러지기 전, 이미 두 명이 더 있는 경비실에 난입했다.

"끼욧!"

식칼보다 두 배는 더 돼 보이는 중검이 허리를 향해 날아온다.

왼팔을 안에서 밖으로 돌리며 놈의 팔목을 잡고 그 힘 그대로 꺾었다.

뿌드드득!

"으아아아…"

근육이 비명을 지르고 뼈가 뒤틀리는 소리가 울린다.

비명을 지르며 바닥으로 떨어지는 놈의 얼굴을 발로 걷어차자 바로 조용해졌다.

"네놈이 누군지 모르지만 죽었어!"

비상벨을 울린 한 놈이 득달같이 달려든다.

뒷발을 옆으로 돌리는 것만으로도 피할 수 있는 어설픈 공격.

놈의 뒤통수를 잡고 달려드는 힘에 내 힘을 더해 벽으로 던지다시피 했다.

퍽!

콘크리트 벽은 무사했다. 다만 놈의 코와 입에서 나온 피로 더럽혀졌을 뿐이다.

악독한 놈들이라 했지만 나와 연관이 없는 자들이었기에 목숨까지 빼앗진 않았다.

다만 한동안 병원 신세는 져야 할 것이다.

경비실 밖으로 나가자 공장 쪽에서 이십여 명의 인영이 비를 뚫고 달려오는 게 보인다.

“실망시키지 마.”

난 낮게 중얼거리며 놈들을 향해 뛰어들었다.

단검을 들고 찔러오는 놈의 손목을 잡고 살짝 당겨 중심을 무너뜨리고 다시 앞으로 밀자 ‘뿌득’ 하는 소리와 함께 팔목부터 팔꿈치, 어깨뼈가 어긋나며 팔이 기묘하게 꺾인다.

그가 들고 있던 단검은 이미 내 손에 있었고, 총구를 겨누는 놈을 향해 바로 날렸다.

“큭!”

단검이 팔의 인대를 자르며 꽂히자 총은 주인을 잃고 아래로 떨어진다.

쌍칼이 교차하며 베어온다.

디딘 오른발을 들어 뒤로 빠지자 아슬아슬하게 빗나갔고, 다시 내딛으며 몸통 박치기를 한다.

으득!

가슴뼈에 금이 가는 소리와 함께 다가오는 속도만큼 빠르게 뒤로 튕겨나간다.

제갈호 같은 능력자가 없는 한 성장하기 전이라 해도 충분히 감당할 수 있는 숫자였다.

한데 그때와 지금은 확실히 달랐다.

단전의 기운을 굳이 사용할 필요도 없거니와 스물두 명의 다음 움직임이 정확히 느껴졌다.

심지어 연신 손과 발을 놀리면서도 내 몸의 내부를 살필 수 있었다.

단전에서 시작된 작은 기운은 등 뒤의 독맥의 혈들을 자극하며 타고 올라 백회혈을 지나 앞쪽의 임맥으로 내려와 단전으로 돌아온다.

완벽한 소주천이 이루어지고 있는 것이다.

이렇게 소주천이 반복될수록 온몸에 힘이 솟았고, 정신은 내리는 빗방울이 방울방울 보일만큼 맑아졌다.

섬에서 독맥은 독맥대로, 임맥은 임맥대로 단련하던 때완 완전히 달라져 있었다.

'사부님 말씀처럼 난 섬에서 이미 완성되어 있었던가?'

고 선생님에게 배운 호흡법이었다.

근데 정작 나에게 호흡법을 가르쳐 준 고 선생님은 호흡법에 대해 몰랐다.

배울 당시 무술이나 혈도에 대해 완전히 문외한이었던 난 의심 없이 그가 가르쳐 준 동공에 미친 듯이 매달렸었고, 수법들을 배웠다.

그러나 중국에 와 연환권을 배우고, 호흡법의 기본을 배우면서 이상한 점이 있음을 알게 되었다.

단전을 만들고 독맥의 경우 장강혈부터 요유, 양관, 명문, 현추, 척중 등을 하나하나 뚫어야만 했다.

임맥도 마찬가지.

한데 난 백회를 제외하곤 모든 혈들이 뚫려 있었다.

태어날 때부터 백회혈을 제외하고 모든 임맥, 독맥이 뚫려 있었던 것은 아닐까.

그런 생각도 했지만 결론은 '아니다' 였다.

누구보다도 빠르게 섬에 적응하고 강해진 것은 누군가가 내 혈들을 뚫어놓았기 때문이다.

클로버!

그를 제외하곤 그런 능력을 가진 사람은 아무도 없었다.

왜? 무슨 이유로 그는 나에게 그런 짓을 했을까?

아니, 나뿐만 아니라 섬에 있는 많은 이들에게 나에게 했던 짓을 반복했음에 틀림없다.

이런 가설을 세우자 S급 섬이 된 이유도, 섬에 있던 이들이 강한 이유도 모두 설명이 되었다.

그리고 내공을 늘이기 위해 임맥과 독맥으로 기를 보내 백회에서 폭발시켰던—일반 호흡법과 궤를 달리하는—방법 또한 클로버에게서 나왔을 가능성이 높았다.

그 호흡법으로 생겼던 기억의 소실이 백회혈이 뚫리며 사라졌다.

"하아아압!"

뒤에서 달려드는 세 명 중 한 명의 기합 소리에 계속해서 떠오르는 의문은 덮어둬야 했다.

클로버에게 직접 듣지 않는 한 그가 왜 섬에 있던 이들에게 그런 짓을 했는지 알 수 없는 일이었으니까 말이다.

왼발을 축으로 백팔십 도 돌자 등으로 향하던 단검이 명치를 향해 온다.

빙글 도는 힘을 어깨로 보내자 팔은 안에서 밖으로 부채꼴을 그렸고 놈의 손목을 치며 찔러오던 방향을 바꾼다.

그리고 놈의 팔목에 손가락을 걸어 방향을 비틀자 뒤이어 오던 두 명의 칼이 놈의 몸에 박힌다.

"크아아아악!"

옆구리에 동료의 칼이 두 개나 박힌 놈이 죽을 듯이 비명을 질렀다.

"시끄러. 내가 찌른 게 아니잖아?"

돌던 힘 그대로 던져 버리자 무기를 잃은 것 때문인지, 동료를 찌른 것에 대한 죄책감 때문인지 두 사람은 잠깐 멍한 표정을 짓는다.

꽈직! 퍽!

그중 한 명의 무릎을 옆으로 밟자 뼈가 부러지며 자세가 무너졌고 다른 한 명의 턱을 손바닥으로 쳤다.

단 5초도 되지 않아 뒤에서 달려오던 세 명을 쓰러뜨렸다. 그리고 턱을 맞아 앞으로 쓰러지는 놈을 잡아 다시 빙글 돌자 '팍팍' 소리와 함께 동료가 쏜 총알이 몸에 박힌다.

총에 맞아 죽은 놈을 던지며 이젠 다섯도 남지 않은 놈들에게 달려들었다.

뿌드득! 꽈직! 퍽! 까득! 터엉!

영화에서 합을 맞춰 순식간에 쓰러지는 악당들처럼 마지막 남은 다섯은 달려들기가 무섭게 무너진다.

"…으……."

"으으으~"

"…크으."

비오는 바닥에 누워 신음 소리를 내는 놈들을 뒤로 하고 안으로 천천히 걷는다.

3층 높이의 큰 조립식 철제 건물과 그보다 작지만 콘크리트로 된 건물 두 채가 나란히 서 있다.

잠시 고민을 하다 우측의 콘크리트 건물로 발을 돌렸다.

백련의 두목과 수하들이 분명 철제 건물에 있는 것이 느껴졌지만 콘크리트 건물에서 느껴지는 사람들의 상태가 조금 이상해서 내린 결정이었다.

살아 있다고 보기엔 너무나도 약한 기운들, 철제 건물보다 더 많은 기척이 느껴졌다.

입구로 보이는 철문으로 다가가자 내 등장을 눈치챈 네 명이 입구 쪽에서 모여든다.

철문이 약간 열려 있는 걸 보니 함정이다.

어설프기보다는 어이없는.

텅!

손바닥을 펴 콘크리트 벽을 쳤다.

격산타우, 통배권, 암경, 조금씩 다른 무술이지만 공통적인 건 친 곳이 아닌 그 뒤쪽에 충격을 준다는 것이다.

텅! 텅! 텅!

문 뒤에 있던 기운들이 바닥에 나뒹구는 것이 느껴진다.

문을 열고 들어갔다.

가장 먼저 묘한 냄새가 코를 찌른다.

가운데 복도를 두고 칸칸이 나누어진 커튼들. 그 칸칸마다 인기척이 느껴졌다.

촤아아아!

커튼을 젖히자 벌거벗은 금발의 여자가 누워 있다.

팔뚝의 주사 바늘 자국과 몽롱한 눈빛.

커튼을 몇 개 더 젖혀봤지만 여자들은 하나같이 같은 상태로 누워 있다.

"…하…세요."

순간, 나도 모르게 한 걸음 뒤로 물러났다.

벌거벗은 여인이 다리를 벌린 것에 놀란 것도, 작게 웅얼거리듯 하는 말이 한국어였기 때문도 아니었다.

지독한 절망감이 끝에 이르러 죽음마저도 포기한 듯한 말투…

섬에서 너무나도 자주 접하던 것이었다.

섬의 인구를 유지하기 위해 천외천 놈들은 부지런히 사람을 공수해 왔다.

잡혀온 이들은 처음엔 영문을 모른 채 살기 위해 발버둥치지만 일정 시간이 되면 자포자기해 버리는 경우가 허다했다.

미쳐 스스로 목숨을 끊는 자들도 있었고, 지금 침대에 누운 여자처럼 모든 걸 포기한 무표정한 표정으로 타인의 칼을 받는 자들도 있었다.

드득! 뿌득!

꽉 움켜지는 주먹과 앙다문 어금니가 내 분노를 대신 쏟아낸다.

나의 복수와 연관이 없는 자들이라 생각해 목숨을 빼앗지는 않았다. 또한 사회에서의 생활이 길어지면서 생겨난 살인에 대한 거부감도 이러한 생각에 힘을 더했다.

한데 내가 잊고 있었던 게 있었다.

인간의 형상을 한 쓰레기들이 있다는 걸 말이다.

하지만 분노보다 일단 이들의 안전이 먼저였다.

찰칵! 찰칵! 찰칵!

스마트폰을 꺼내 몇몇 여자들의 사진을 찍고 동영상을 촬영했다. 그리고 불곰에게 그것들을 보낸 후 전화를 걸었다.

—형님! 이것들은 뭡니까? 야… 동은 아닌 것 같은데 말입니다.

"백련의 창고다."

—헐! 이 새끼들 인신매매한 여자들을 복종시키기 위해 이런 짓까지……. 한데 무슨 일이 있으신 겁니까?

불곰 또한 내가 보낸 사진과 동영상에 약간 화가 난 듯한 목소리였지만 조폭 생활을 했던 가락이 있어서인지 곧 침착해졌다.

"공안에 신고하면 제대로 처리될까?"

우리나라 경찰에 해당하는 중국의 권력기관인 공안.

중국의 여느 권력기관이 그렇듯 이들 또한 썩었다.

특히, 한 사람에게 뇌물을 주면 그 뇌물이 아랫사람, 윗사람과 나누는 중국의 특성상 그 규모는 우리나라에 비할 바가 되지 못할 정도.

범죄 조직을 만든 불곰은 상하이의 고위 공안들에게 정기적으로 뇌물을 바치고 있었으므로 그들에 대해 잘 알고 있었다.

—축소하려고 할 겁니다. 아니, 아예 없는 일로 만들 수도 있을 겁니다. 상하이 삼합회들과 공안의 관계는 꽤나 밀접하거든요.

"역시 그런가……?"

어떻게 처리할까 잠시 고민하다 말을 이었다.

"네가 줄을 대고 있는 공안과 같은 파벌인가?"

중국의 권력을 차지하기 위해 움직이는 세 개의 파벌(공산주의청년단, 태자당, 상하이방)이 있듯이 공안 속에도 여러 개의 파벌이 있었다.

이번 일이 파벌간의 싸움으로 간다면 축소가 아니라 오히려 확대될 가능성이 높았기에 물은 것이다.

—다른 파벌입니다. 아! 파벌 싸움으로 만들면 쉽게 해결되겠군요.

불곰은 내 의도를 정확히 파악했다.

—이거 공안 놈들에게 점수도 따고 삼합회 놈들에게 한 방 먹일 수 있는 좋은 기회가 되겠는데요. 당장 공안에 연락하겠습니다.

"아니. 일단 제시카에게 연락해서 해외 언론으로 몰래 정보를 알리라고 해. 그리고 난 뒤 해외 언론이 사건을 터뜨리기 직전에 줄을 댄 공안에게 우연히 알게 되었다는 식으로 알려."

—…무슨 말인지 알겠습니다. 사건 현장에 기자들이 먼저 도착하게 하겠습니다.

"응. 그리고 제시카와 네가 연관되었다는 게 알려지면 안 돼."

—예.

전화를 끊었다.

구조되는 시간은 조금 늦춰지겠지만 기자들이 먼저 도착한다면 안전은 확실히 보장받을 것이다.

들어왔던 입구 쪽으로 걸었다.

바닥에 널브러진 네 명과 그들이 떨어뜨린 총이 보였다.

소음기가 달린 총을 주워 망설임 없이 쓰러져 있는 네 명의 머리와 심장을 향해 쏜다.

푸슉! 푸슉! 푸슉…

총을 맞는 순간 들썩거림이 있긴 했지만 곧 붉은색 피를 흘리며 기운을 잃어간다.

별다른 감흥은 없었다.

쓰레기를 불태운다고 죄책감을 느끼는 사람은 아무도 없을 테니.

"그나저나 비가 와서 다행히네."

불곰과 전화하는 사이, 콘크리트 건물은 어느새 놈들에게 포위를 당했고, 혹시라도 밖에서 불을 질렀다면 꽤 곤란했을 것이다.

끼이익!

입구가 약간 열리며 낡은 경첩이 소리를 낸다.

들어 올 모양이다.

하지만 예상은 틀렸다.

팅! 탁! 타탁!

사람이 아닌 검은색 물체가 내 앞쪽으로 튀어온다.

수류탄!

확인과 동시에 바닥에 쓰러진 주검들을 들어 그 위로 던지고 바닥에 엎드린다.

꽈아아앙!

실내에서 터진 수류탄은 엄청난 굉음과 건물이 흔들릴 정도의 충격을 만들어낸다.

후두두두둑!

피의 비가 내리는 것을 제외하곤 나도, 침대에 누워 있는 여자들도 이상이 없어 보인다.

바로 문을 열고 밖으로 뛰쳐나갔다.

양손에 쥔 단검.

하늘에서 내리는 빗줄기가 방울방울 내리는 것처럼 보였고, 놀란 얼굴을 한 쓰레기들이 보인다.

수류탄을 던진 것으로 생각되는 놈의 목을 가르는 것을 시작으로 눈에 보이는 족족 뼈와 살을 가른다.

청소하기 좋은 날이다.

3장

사교 모임

오랜만에 다섯이 모였다.

디오네의 음기가 일정 수준 이상이 된 뒤로 처음이니 거의 일 년만이다.

"누님, 이렇게 건강한 모습을 보니 정말 기쁩니다. 우니도 엄청 기뻐할 거예요."

"호호호! 니들이 걱정해 준 덕분이지."

"제가 각종 신한테 기도를 많이 했습죠. 하하하!"

"……."

온몸의 양기를 바친 건 난데 생색은 봉구 형이 낸다.

"한데 우니는 잘 있어?"

"네, 삼 학년이라 많이 바쁜가 봐요."

오늘 오전에 상하이에 도착한 봉구 형은 디오네의 물음에 신이 나 한국에서의 일들을 쏟아낸다.

"나도 우니 보고 싶다."

얘기를 듣던 제시카가 말했다.

"제시카, 걱정 마. 여름 방학 때 며칠 놀러 온다고 했으니까 그때 보면 될 거야."

"그거 잘됐다, 헤헤."

전부 모이니 분위기가 좋았다.

디오네가 아플 땐 나조차 십 분 이상 같이 있지 못했으니 다른 사람들이야 오죽했으랴.

그러다 보니 자연히 모임은 줄어들었고, 모임을 해도 그저 업무 얘기만 잠시 하다 헤어지곤 했었다.

테이블을 가득 채웠던 음식들이 사라져 갈 때 봉구 형이 잠시 쭈뼛거리다 조용히 말한다.

"해윤이 봤다."

"…잘 있어요?"

고작 일 년도 되지 않았던 만남이었는데, 일 년 반을 넘게 지우고 잊으려 했는데, 이제는 괜찮다 생각했는데…….

해윤이에 대한 말이 나오자 심장이 거세게 뛴다.

평소처럼 말하려 했는데 쉽지가 않다.

"글쎄, 건강하게는 지내는 것 같더라만 잘 있다고 말해야 하나?"

"……."

"우리를 몰라보더라."

"형이랑 우니를요?"

최면이 완벽할 거라곤 생각하지 않았다. 하지만 너무 엉뚱한 상황이다.

나에 대한 기억을 뒤틀었다 뿐이지 누군가를 잊게 만든 건 아니었다.

"응. 우니 말론 우리가 떠나고 학교에서 몇 번 부딪쳤는데 마치 모르는 사람처럼 굴기에 그냥 지켜만 봤다고 하더라고."

"그래서요?"

"네 말과 틀려서 해윤이 경호원들에게 물어봤지. 너도 알잖아, 그네들."

잘 안다.

노강윤 사장에게 부탁했던 것이 바로 해윤이 주변 사람들에 대한 입막음이었으니까.

"재작년 십이월, 네가 최면 건 날 이상이 생겼었나 봐."

"무슨 이상이요?"

이상이 생겼다는 말에 나도 모르게 다급하게 묻는다.

"자세한 건 그들도 모르는 것 같더라. 어쨌든 그 뒤로 한 달 정도 정신과 치료를 받았다고 하던데 난리도 아니었단다."

뭔가가 잘못됐다.

아마 내가 건 최면과 암시가 부작용을 만들어냈고, 그 부작용을 치료하다 나와 관련된 기억 모두를 잊어버렸을 가능성이 높았다.

…한데 지금 내가 이런 생각을 한들 무슨 소용이란 말인가.

이미 해윤과 난 끝이 난 사이다.

두근거리는 심장도, 이상이 생겼다는 말에 조급해졌던 마음도 차분히 가라앉는다.

"건강은 하죠?"

"어? 어. 몸에는 아무 이상 없다더라. 요즘엔 남자 친구도… 아! 이, 이건 아니다. 하… 하하! 마, 말이 헛 나왔다."

"괜찮아요. 이미 지난 일이니까요."

내 말을 믿는 사람은 아무도 없었다.

괜한 말을 꺼냈다는 듯 제시카의 손가락이 봉구 형의 옆구리를 꼬집었고, 다들 어색한 표정을 짓는다.

"참! 마사지는 어떻게 했어?"

디오네가 화제를 바꾼다.

이런 면만 봐도 그녀가 우리 중에 가장 어른스럽다는 것이 느껴진다.

"지난 주말 부로 끝냈어요."

마사지를 배워 천락에 있었던 건 디오네의 치료를 위한 방법을 찾기 위한 것과 천외천의 능력안을 통해 정보를 빼내기 위한 것이었다.

목적을 달성한 지금 굳이 계속 다닐 이유는 없었다.

"제갈화령은?"

"능려안의 위치로 그녀를 천락에 데려오는 건 불가능한지 혼자만 왔더군요."

"최면으로 모든 게 가능한 건 아니니까. 하면 능려안은 어쩔 셈이지?"

"일단은 그대로 내버려 둘 생각이에요. 물론 다른 최면을 걸어뒀어요. 전화상으로 키워드만 말하면 제가 지정해 둔 장소로 오게 말이죠."

"잘했네, 하면 오늘 모임엔 참석할 거지?"

Chan's Investment를 만들 때부터 지금까지 중국 권력층과의 모임엔 참석한 적이 한 번도 없었다.

공산당과 고위 관료의 도움 없이는 어떤 사업도 할 수 없는 중국의 환경에서 디오네가 아프기 전까진 그녀가 나서는 것만으로도 모든 일이 해결되었고, 이후론 제시카가 애를 써줬다.

하지만 이젠 제시카만으론 한계에 이르렀다.

상하이를 잡고 있는 고위 관료들은 Chan's Investment의 주인인 '위즐러 챈'을 보고 싶어 했다.

"응!"

디오네도 위기에서 벗어났고, 내 능력 또한 한 단계 상승했으니 이젠 천외천과 본격적으로 싸워야 할 때가 왔다.

일 년 육 개월… 오랜 기다림이었다.

*　　*　　*

유람선이 폭발할 때 제갈호가 죽었을까?

단숨에 유람선을 날려버릴 만큼 강했지만 글쎄 죽었을 확률은 채 5퍼센트도 되지 않을 것이다.

또한 천외천이 내 얼굴을 모를 확률은 한없이 제로에 가까울 것이다.

그래서 난 중국에 도착하자마자 성형수술을 했다.

코를 살짝 높이고, 눈 트임을 하고, 흉터를 없애고, 턱을 깎았다.

간단한(?) 수술로 얼마나 바뀔까 했지만 얼굴의 붓기가 가라앉고 본 거울 안에 과거의 나는 없었다.

짧고 단정한 머리에 가볍게 화장까지 한, 이제는 제법 익숙해진 얼굴이 엘리베이터 거울에 보인다.

딱히 바란 것은 아니었지만 과거보다 잘생겨진 얼굴.

만족스럽다.

같이 엘리베이터를 탄 중년 남녀가 내 행동에 슬금슬금 게걸음을 친다.

띵!

가벼운 벨 소리와 함께 엘리베이터 문이 열렸다.

"초청장을 확인하겠습니다."

엘리베이터를 타기 전에도 확인을 했었다. 그러나 이곳에 모인 사람들을 생각했을 때 절대 과한 행동은 아니었기에 순순히 초대장을 건넸다.

"…위즐러 챈 님이시군요. 확인할 것이 있어서 그런데 잠시만 기다려 주시겠습니까?"

"그러죠."

통신으로 내가 위즐러 챈임을 확인하는 경호원.

"기다리게 해서 죄송합니다. 확인되셨으니 들어가시면 됩니다."

"수고들 하세요. 이건……."

"감사합니다!"

"……."

안주머니에서 봉투를 꺼내자마자 독수리가 병아리 낚아채듯 가져간다.

오늘 모임의 주재자는 상하이 주정부 서기.

그를 옆에서 지키는 경호원들 또한 하나의 권력이었다.

돈을 받은 경호원의 어깨를 가볍게 토닥거리고 파티장으로 들어갔다.

온통 금색과 붉은색으로 이루어진 인테리어는 화려함을

넘어서 촌스럽기까지 하다. 그나마 통유리로 된 벽 너머로 보이는 상하이의 야경이 있었기에 봐줄 만하다.

왁자지껄.

"…이번 투자에 대해 윗분들이 회장님께 고마워하십니다."

"하하하하! 저에게도 좋은 투자였습니다. 그래서 그분들께 감사의 인사를 드리고 싶은데……."

"…어머! 여사님이 하고 계신 목걸이 정말 아름답네요."

"호호호! 역시 보는 눈이 남다르다니까. 이건 말이야…….

상하이를 이끄는 재벌들과 고위 관료들이 삼삼오오 모여 조곤조곤 얘기를 하고 있었지만 꽤나 소란스럽게 느껴진다.

샴페인을 한 잔 들고 천천히 마시며 무리 속에 끼어들 타이밍을 노린다.

누군가가 나에게 말을 걸어준다면 좋겠지만 그걸 바라기엔 이곳에 모인 사람들에 비해 내 위치, 즉 투자회사 Chan' s Investment의 CEO라는 네임 밸류는 내세울 것이 못 되었다.

'저기가 적당하겠군.'

십 분 정도 지났을 때 대화에 끼어들 만한 곳을 찾을 수가 있었다.

내가 들어 올 때부터 증권투자에 대해 얘기를 나누던 사십 대 초중반의 세 남자에게로 서서히 다가갔다.

"…수익률이 오 퍼센트도 안 돼. 그러다 보니 개인 투자자들이 우수수 떨어져 나갔어."

"우리도 마찬가지입니다. 최소한 육 퍼센트는 될 거라고 예상했는데……."

"하지만 은행 이자율이 삼 퍼센트니 여전히 온라인 금융 상품보다 나은 대안은 없을 거야."

가까이 다가갔지만 흘낏 쳐다만 볼 뿐 얘기를 멈추지 않는다.

"우리나라—미국 국적이었던 위즐러 챈은 귀화를 해 지금은 중국인이다—의 금리는 계속해서 떨어질 겁니다. 그러니 온라인 금융 상품 또한 여전히 매력적이라 할 수 있겠죠. 다만……."

대화에 막무가내로 끼어드는 건 실례다.

그래서 그들이 대화를 잠시 멈추는 타이밍에 슬그머니 말을 시작했다.

'뭐하는 놈이지.' 라는 표정이 역력했지만 난 샴페인으로 입술을 적시며 말을 끊었다가 가볍게 눈인사를 한 후 계속 이었다.

"곧 더 높은 수익을 요구하는 사람들이 생겨날 겁니다. 그에 발맞춰 고수익의 상품들이 출시되야 할 테고요. 물론, 고수익은 고위험을 각오해야 할 겁니다."

"원론적인 얘기로군……."

왼쪽에 있던 남자가 더 들을 가치가 없다는 듯 낮은 목소리로 중얼거린다.

당연한 반응.

하지만 내 말에 귀를 기울이고 있다는 것만으로도 충분했다.

“금융 그룹들도 이미 새로운 상품들을 준비를 해뒀겠죠. 이미 외국에서 검증을 마친 금융 상품이 많으니까요. 하지만… 투자자, 특히 우리나라 투자자들은 위험이 커지는 걸 바라지 않습니다. 무작정 외국 금융 상품을 들여온다면 피해자가 발생할 테고 그렇게 되면… 당의 미움을 받게 될지도 모릅니다.”

성조가 있는 중국어는 높낮이가 없는 한국어보다 최면을 걸 때 사용하기 좋다.

음의 높고 낮음과 함께 길고 짧음을 이용해 내게 호감을 가지도록 최면을 걸었다.

물론, 이들에게 얻고자 하는 것이 내 이름을 이 모임에서 내비치고자 하는 목적밖에 없었기에 강력한 최면은 아니었다.

예상대로 이들은 금융회사를 가진 자들이었다.

금융 상품에 대해 얘기를 할 때는 당연하다는 듯 고개를 끄덕였고, 당의 미움을 받는다는 대목에선 두렵다는 듯 인상을 찌푸렸다.

중국은 설령 대기업이라 해도 공산당에서 원하면 언제든 무너뜨릴 수 있었다.

"말이니 쉽죠. 그 기준점을 찾는 게 얼마나 어려운데요."

"그래, 항상 그게 문제지. 기준을 잘못 산정하면 우리가 파산하게 될 수도 있는 거라고."

"맞습니다! 우리나라는 미국에 비하면 금융은 이제 시작이죠. 금융 상품을 만드는 사람들조차 턱없이 부족해 그대로 가져와 약간만 고쳐 쓰는 실정이니까요. 하지만 언제까지 그럴 순 없을 겁니다. 하루라도 빨리 우리에게 맞는 금융 상품을 만들어야죠."

"곧 그렇게 되겠지."

"그렇고말고요."

"저 역시 그렇게 믿고 있습니다, 하하하!"

자연스러운 대화가 이루어졌다.

아무런 위화감 없이.

"한데 오늘 처음 뵙는 분이군요. 성함이……?"

가운데 있던 뚱뚱한 남자가 한참이 지난 후에야 비로소 이름을 묻는다.

좌우에 있던 두 남자도 그제야 이름도 모르고 얘기했다는 걸 깨달았는지 내 입을 바라봤다.

"위즐러 챈입니다. 진즉에 밝혔어야 했는데 실례했습니다."

"아! Chan' s Investment의?"

"하하하! 맞습니다."

"두진금융의 양병록입니다."

"이거 꼭 한 번 보고 싶었는데 이제야 보게 됐군… 요. 난 천마금융의 남택성이오."

뚱뚱한 남자를 시작으로 우측의—셋 중에 제일 연장자인—남자가 자신을 소개한다.

"난 대명 투자 그룹의 원대한이오."

"금융계를 이끄는 세 분을 뵙게 돼서 영광입니다. 범 앞에서 하룻강아지가 잘난 척을 한 것 같아 부끄럽습니다."

"그럴 수도 있죠."

"오래전에 인사를 드렸어야 하는데 고국을 둘러보고 싶어 이제야 인사를 드리게 되었습니다. 미국에서 자라 부족한 것이 많습니다. 앞으로 많은 지도 편달 바랍니다."

"하하하. 나야말로 잘 부탁해요. Chan' s Investment의 상반기 수익이 상당하다고 소문은 들었어요. 좋은 정보와 상품이 있다면 함께 합시다."

"저야말로 잘 부탁드리겠습니다. 그리고 말씀 편하게 하십시오."

난 저자세로 나갔다.

혈연, 지연, 학연을 중시하는 것은 한국 못지않게 중국에서도 중요했다.

한국과 다른 점이 있다면 쉽게 친해지는 '척' 은 할 수 있지만 실제로 친해지기는 어려운 곳이 중국이었다.

물론, 지금은 '척' 만으로도 충분했다.

효과는 금세 나타났다.

옆에서 다른 사람과 얘기를 하고 있던 오십 대 초반의 남성이 인사를 한다.

"오! 당신이 위즐러 챈? 반갑소. 난 부동산 개발 업체를 하고 있는 진희룡이오."

"청지 그룹의 진 회장님! 반갑습니다. 조안나에게 회장님에 대해 많이 들었습니다. 처음 우리 회사를 세울 때 많은 도움을 주셨다고요."

조안나는 디오네가 중국에서 사용하는 이름이다.

디오네는 내가 모임에 참석하기 전 자신이 만났던 사람들에 대한 정보를 나에게 알려줬었다.

그중 한 명이 눈앞의 진희룡이었는데 부동산 재벌로 상하이뿐만 아니라 중국 전역에 영향력을 발휘하는 남자였다.

"조안나를 만나고 싶었는데 같이 오지 않았소?"

"한동안 몸이 좋지 않았습니다."

"저런, 내가 도울 일이 있으면 언제든지 돕지요."

"이젠 거의 나았으니 조만간 모임에 얼굴을 비칠 겁니다."

"허허허. 그때가 빨리 왔으면 좋겠소."

묘한 욕망에 이글거리는 진희룡의 눈빛.

어떤 마약보다도 중독성이 강하고, 어떤 화학반응보다 더 치명적인 디오네라는 늪에 빠진 진희룡은 나에게 무척이나

호의적이었다.

"사람들과 인사를 나눴소?"

내가 처음 왔음을 눈치챈 진희룡은 직접 파티장을 돌며 한 사람씩 소개를 시켜준다.

"반갑소. 조안나는?"

"반갑습니다. 곧 보실 수 있을 겁니다."

"도로시—제시카—가 항상 얘기하던 분이군요."

"좋은 얘기였길 바랍니다."

"미스터 챈, 반가워요."

"반갑습니다."

소개받은 이들의 반응은 크게 세 가지였다.

디오네와 제시카에게 나에 대해 들었다는 이들, 새로운 사람에 대한 호기심을 보이는 이들, 별 볼 일 없다고 생각해 무시하는 듯한 부류.

오늘은 그저 안면만 익히는 걸 목표로 삼았기에 어떤 부류를 만나든 내 행동은 예의에 어긋남이 없었다.

'힘들군.'

고작 한 시간 반 정도밖에 지나지 않았는데 하루 종일 연환권을 펼치는 것보다 더 사람을 지치게 만든다.

능려안이 천외천에 대해 좀 더 많은 정보를 알고 있었다면 굳이 이런 귀찮은 일까지 할 필요는 없었을 것이다.

그러나 그녀는 그저 청룡단주의 비서에 불과했다. 청룡단에 대해선 어느 정도 알고 있었지만 현무단, 주작단, 백호단에 대해서도, 천외천을 이끌고 있는 십장로에 대해서도 거의 몰랐다.

그래서 능려안이 준 정보—십장로가 고위 관료라는—를 토대로 천외천의 다른 인물들을 만나기 위해 사교계에 들어온 것이다.

"아직 소개를 못해준 사람이 있나?"

파티장을 두리번거리며 나에게 소개해 주지 않은 사람을 찾는 진희룡.

"다 소개해 주셨습니다."

"그런가?"

"네."

스치듯이 소개를 한 사람들이 많았지만 난 그들의 얼굴과 이름은 물론이거니와 직업과 직책까지 모조리 기억하고 있다.

즉, 파티장 안에 더 이상 내가 모르는 이는 없었다.

"오늘 감사합니다. 덕분에 지루하지 않은 파티가 되었습니다."

"허허허. 언제든 내 도움이 필요하면 말하게."

진희룡의 과한 친절은 결코 그가 착하고 마음이 넓어서도, 내가 마음에 들어서 그런 것도 아니었다.

그는 분명 나에게 바라는 뭔가가 있었다.

하지만 말을 하지 않는 이상 내가 물을 이유는 없었다.

"참, 오늘의 호스트는 왜 오지 않으시는지……."

"서기장 말인가? 그는 이렇게 사람이 붐비는 곳을 좋아하지 않는다네. 특히 여름엔 말이지."

"네?"

"허허허. 이상할지 모르겠지만 이유는 곧 알게 될 걸세. 자네가 꼭 만나야 할 이유가 있다면 사람이 찾아올 거야."

이해가 되지 않는 말이었다.

오늘 이곳에 온 진짜 목적은 상하이 주정부 서기에게 뇌물을 바치기 위해서였다.

물론, 서기 또한 뇌물을 받기 위해 이런 모임을 개최한 것이 분명했다.

한데 얼굴도 내비치지 않다니.

이런 상황은 디오네에게 들은 바가 없어 조금 당황스럽다.

진희룡은 곧 알게 된다며 '씨익' 웃곤 사람들 속으로 들어가 파티를 즐긴다.

'그런 의미였나…….'

파티를 즐기는 사람이 아니라 파티장 전체를 살피자 진희룡이 한 말을 어느 정도 이해할 수 있었다.

경호원 한 명이 들어와 처음 얘기를 나눴던 두진금융의 양병록에게 귓속말을 했고, 그는 경호원과 함께 밖으로 나간다.

그리고 잠시 후, 양병록이 아닌 천마금융의 남택성이 양병록이 나갔던 문으로 들어왔다.

양병록이 들어온 건 다른 사람이 경호원과 나간 후였다.

서기는 모임에 참석한 이들과 한 명씩 면담(?)을 하고 있었던 것이다.

내 차례는 한참이 지난 후였다.

경호원이 다가오더니 귓속말을 속삭인다.

"서기장님이 미스터 챈을 뵙고자 하십니다."

난 고개를 끄덕이곤 그를 따라나섰다.

경호원이 안내한 곳은 파티장의 아래층으로 로열 스위트룸이었다. 상하이의 최고 권력자답게 호텔의 한 개 층을 전부 사용하고 있었다.

"여기서 잠시 기다리시면 안에서 기별을 줄 것입니다."

"네."

문 옆에 놓인 의자에 앉아 있으려니 마치 면접을 기다리는 취업 준비생이 된 것 같았다.

물론 그 시간은 길지 않았다.

경호원이라기보단 비서로 보이는—안경을 끼고 미라처럼 말라 누군가를 경호할 수 없어 보이는—사내의 안내로 상하이의 서기장인 추문호를 만났다.

중국풍 칼라 없는 셔츠에 반바지를 입은 추문호는 무척이나 평범하게 생긴 중년인이었다.

내가 들어가자 자리에서 일어나 반긴다.

"위즐러 챈?! 이름만 듣다 이제야 보게 됐군요. 반갑소."

"처음 뵙습니다, 서기장님."

"이거 Chan's Investment엔 미남 미녀밖에 없군요. 조안나 양도, 도로시 양도, 챈 씨도. 핫핫핫!"

"과찬입니다. 편하게 챈이라 불러주십시오."

"한 회사 대표에게 그럴 수가 있겠소. 자자, 얘기는 앉아서 계속합시다."

"네."

소파에 앉자 추문호는 차를 따라 내 앞으로 밀었다.

잔을 들자 독특한 향이 코를 간질인다.

'용정차인가?'

입에 대자 쌉싸래한 맛이 녹차임을 알 수 있었다. 그러나 내가 차 맛을 아는 건 아니었다.

그저 서기장 정도 되니까 고급 차를 마시겠지 하는 추측에 불과했다.

차의 나라 중국에 와 꽤 많은 차들을 마셔봤지만 사실 한국에서 마시던 보리차가 더 맛있다고 느껴질 만큼 차에 대해선 문외한이었다.

"차는 어떻소?"

"독특한 맛이 있지만 솔직히 아직까진 차에 대해 이렇다 저렇다 평가를 할 정도는 안 됩니다."

"핫핫! 미국에서 오랜 시간 지냈으니 당연하겠죠. 커피라도 마시겠소?"

"괜찮습니다."

"챈 사장은 미국 어디에서 자랐소?"

"오하이오 주 클리블랜드 근처의 작은 마을에서 자랐습니다."

"클리블랜드라면 우리나라 사람들이 별로 없었겠구려."

"네, 마을엔 저희 가족뿐이었습니다."

"중국어가 어색할 줄 알았는데 이곳에서 자랐다고 해도 될 정도요."

"부모님께서 뿌리를 잊지 말라는 뜻으로 집에서는 중국어로 말하도록 가르치셨습니다."

"뿌리를 잊지 않게라……. 존경할 만한 분들이군요. 이렇게 챈 사장과 같은 인물을 만드셨으니 말이오. 한데 부모님은 여전히 그곳에 계시오?"

"아닙니다. …돌아가셨습니다."

"이런… 실례했소."

"오래전 일이라 이젠 괜찮습니다."

디오네가 만든 위즐러 챈은 가상 인물이 아니라 실제 존재한 인물이었다.

다만 부모를 잃은 진짜 위즐러 챈은 갱에 들어갔고, 갱들끼리의 싸움에서 목숨을 잃었다고 했다.

"험! 그래, 중국에서의 생활은 어떻소?"

추문호는 화제를 돌렸다.

“고향에 돌아온 것 같아 좋습니다. 그래서 입국하자마자 중국 전역을 돌며 여행을 했습니다.”

“아하! 그래서 그동안 보기가 힘들었구려.”

“죄송합니다. 인사를 먼저 드리고 갔어야 했는데 고국에 돌아왔다는 기쁨에…….”

“죄송할 것까지야. 그 마음 충분히 이해하오.”

“서기장님의 도움이 컸다는 얘기는 두 동업자에게 들었습니다.”

“우리나라와 당을 위해서라도 챈 사장 같은 인물이 일하기 편하게 만드는 게 내 일 아닌가.”

“별말씀을요. 그리고 감사함을 잊으면 짐승이지요.”

“말이 그렇게 되나? 핫핫핫핫핫!”

서로 간의 띄워주기 시간은 이 정도면 충분했다.

본론을 꺼냈다.

“이번 여름휴가는 어디로 가실 생각이십니까?”

“글쎄, 아직 생각 중이오.”

“아드님이 미국에 있으니 LA의 비버리힐즈는 어떠십니까?”

“음, 나쁘지 않은 생각이오. 하지만 괜찮은 곳을 지금 예약을 할 수 있을지 걱정이군.”

“저택이 있으면 좋겠군요.”

"그야 그렇지……."

추문호는 내 말을 이해하지 못할 만큼 어리석지 않았다.

안주머니에서 두툼한 봉투를 꺼내 테이블에 놓고 그의 앞쪽으로 밀며 말을 이었다.

"크지는 않지만 가족 분들과 수행원들이 지내기엔 불편함이 없을 겁니다."

"커험! 요즘 중앙정부에서 워낙 부정부패에 대해 강경해서 이런 걸 받아도 될지……."

좋아 죽겠다는 얼굴로 튕기는 척하지 마라.

"소유주는 도널드 추라는 중국계 미국인입니다. 올해 오십일 세로 작년에 투자 이민을 했죠."

"우연히 나랑 나이가 같군."

"그러게 말입니다. 우연히도 서기장님과 나이도 같고 외모도 비슷하다고 하더군요."

"그런가?"

중국은 비리의 천국이다.

공무원들의 연봉은 일반인에 비해 턱없이 낮지만 그들이 그 돈만으로 생활하리라고 생각하는 중국인은 전무하다시피 했다.

고위 관료는 더욱 심해서 한 고위 관료의 집에서는 수백억 원의 현금이 발견된 일도 있었다.

그래서 요즘은 현금보다는 외국에 있는 부동산을 선호하

는 경향이 있었는데 그마저도 차명으로 되어 있으니 추문호가 기뻐하는 건 당연한 일일 것이다.

봉투 안에 있는 서류를 살펴본 추문호는 무척이나 만족한 듯 웃음을 띤 채 고개를 끄덕인다.

"으음, 만일 도널드 추가 중국에 있는 재산을 미국에 더 투자하려면 어떤 방법이 있겠소?"

외화 밀반출을 하고 싶다는 얘기.

"정부가 몰라야 하겠군요."

"당연히."

"저희 회사에서 고위험 고배당의 상품을 만들 생각입니다. 수익률이 높게 책정되어 있는 만큼 손해를 엄청 보게 되어 있죠. 괜찮은 상품 아닙니까?"

"내가 생각하기에도 좋은 상품인거 같소. 자, 커피 한 잔 마시면서 좀 더 얘기해 보세."

팔백만 달러에 가까운 저택과 재산을 해외에 은닉할 수 있는 방법을 제공하고 나니 추문호의 태도는 아주 오래된 친구를 대하는 양 돌변했다.

"…내 도움이 필요하다면 언제든 비서실로 연락하게. 자네의 일이라면 가장 먼저 해결하라고 전달해 둠세."

"감사합니다."

"그리고 조만간 회사로 한번 찾아가지."

"기다리고 있겠습니다."

들어 올 때완 다른 문으로 추문호의 배웅을 받으며 나왔다.

"아 참!"

경호원들이 문을 닫으려는 찰나 추문호가 뭔가 생각난 듯 다시 내 발을 잡는다.

"더 하실 말씀이라도……."

"며칠 뒤에 다른 파티가 있네. 내일 회사로 초대장을 보내지."

"꼭 참석하겠습니다."

"그럼, 파티 즐기다 들어가시게."

문은 닫혔고, 내려왔던 복도를 통해 파티장으로 올라갔다.

그리고 아무 일 없었다는 듯 사람들과 얘기를 나눈다.

4장

끝이 난 휴가

7월의 대한대학교 캠퍼스.

내리쬐는 햇볕 때문인지, 기말고사가 끝나서인지 거리엔 오가는 사람들이 거의 없었고 에어컨이 켜져 시원한 카페엔 그나마 사람들이 삼삼오오 대화를 나누고 있었다.

"널 좋아하는 사람들은 많았지만 글쎄 니가 누굴 사귀었는지는 모르겠어. 미영이 넌 아니?"

"…그, 글쎄, 나, 나도 잘 모르겠다."

해윤은 앞에 앉은 두 동기, 지현과 미영이의 말보단 표정과 행동을 더욱 집중해서 바라본다.

"근데, 해윤아. 네 질문 좀 이상한 거 알지?"

지현이 빙긋 웃으며 말했다.

해윤 스스로도 웃긴 질문이라는 걸 알고 있었다.

내가 작년에 누구랑 사귀었는지 아느냐고 묻다니.

"응, 알아. 어쨌든 오늘 시간 내줘서 고마워."

"기집애, 별소릴 다한다. 커피 잘 마셨다. 그럼, 우린 가볼게. 방학 잘 보내."

"너희들도."

자리에서 일어난 지현은 재빨리 카페를 나갔다.

한데 미영은 뒤돌아 해윤에게 뭔가를 말하려는 듯 망설이다가 밖으로 나간다.

"미영인 알고 있구나."

두 사람이 멀어지는 걸 보던 해윤이 혼잣말을 중얼거린다.

하지만 그뿐이었다.

'그' 가 누구인지를 알기 위해 한 달 넘게 노력하고 있지만 여전히 오리무중이었다.

다만 선배와 동기들에게 웃기는 질문을 하며 한 가지는 확실하게 알게 되었다.

자신과 사귄 사람, 즉 '그' 가 누구인지 아는 사람들이 있다는 것이다.

그들 중 몇 명을 붙잡고 협박도 하고, 눈물까지 흘리며 '그' 가 누구냐고 물어본 적도 있었다.

무척이나 힘겨워하며 답을 해준 이가 두 명 있었는데 얼토

당토않게 '무찬' 이라는 이름이 나왔었다.

"말도 안 되지!"

고백했다 차인 후로 친구로 지내던 무찬이 '그' 라니…….

그저 답해주기 싫어서 엉뚱한 이름을 꺼냈다고 스스로 납득해 버린 그녀였다.

쭈욱!

해윤은 아이스커피를 한 모금 마신 후 자리에서 일어났다. 더 이상 '그' 에 대해 생각해 봐야 그리움만 더해질 터.

"아!"

테이블에 놓인 계산서를 집어 스마트폰 케이스에 넣으려는 순간, 머릿속에 퍼뜩 떠오르는 것이 있었다.

그리고 카페의 천장에 설치된 방범 카메라를 바라본다.

해윤은 바로 카페 카운터로 갔다.

"저… 혹시 저기 설치된 방범 카메라 잘 작동하나요?"

"…물론이죠."

아르바이트하는 여자는 해윤이 무슨 엉뚱한 소리를 하느냐는 듯 인상을 살짝 쓰며 말했다.

"그럼, 저장된 데이터는 얼마나 오랫동안 보관하나요?"

"글쎄요. 그건 저도 잘 모르겠어요. 한데 무슨 일이죠?"

"그게, 그러니까……."

해윤은 아르바이트생의 사무적인 말투에 어떻게 말해야 할지 고민했다.

'도둑맞은 물건이 있다고 할까? 아냐! 재작년 데이터가 필요한데 이제 와서 확인한다고 하면 누가 믿겠어?'

고민은 길지 않았다.

해윤은 있는 그대로 얘기를 했다.

기억의 일부를 소실했고 때문에 그리운 사람을 기억하지 못한다고.

"세상에……! 얼마나 상심이 크겠어요. 자, 잠시만 기다려 주세요. 컴퓨터에 녹화되고 있으니 제가 지금 바로 확인해 드릴게요."

아르바이트생 여자는 마치 자신의 일처럼 안쓰러워하며 당장 카운터 옆에 있는 다용도실로 향한다.

"재작년 것도 있어요. 한데 언제예요?"

한참 다용도실에서 부스럭거리던 아르바이트생이 고개를 내밀며 묻는다.

"잠시만요."

일기는 쓰지 않았지만 스마트폰에 용돈 기입장을 만들어 둔 그녀였다.

"그러니까 …5월 …19일하고 …6월 12일, 그리고……."

"그러지 말고 직접 확인하실래요?"

"그래도 될까요?"

"물론이죠. 다만 창고로도 쓰이는 곳이라 좀 불편할 거예요."

"상관없어요!"

감사를 표하며 들어간 다용도실은 크지 않았고 짐도 많아 비좁았지만 커피를 보관해 둔 곳인지 진한 커피 향으로 가득해 나쁘지 않았다.

"여기에 앉아서 천천히 살피세요."

등받이 없는 작은 의자를 모니터 앞에 놓아준다.

"정말 감사해요."

"괜찮아요. 그리고 꼭 찾으세요!"

파이팅 포즈를 취하며 웃어주는 그녀는 재작년 데이터가 있는 폴더를 열어준 후 카운터로 나갔다.

해윤은 먼저 5월 19일자 파일을 더블클릭 했다.

아침부터 저녁까지 열두 시간이 넘게 녹화된 파일을 살펴보는 데 그리 오랜 시간이 걸리진 않았다.

카페의 특성상 테이크아웃이 아니면 앉아서 삼십 분 정도 얘기를 나누기 때문에 삼십 분 단위로 스킵하면서 테이블의 변화만 봐도 충분히 파악할 수 있었기 때문이다.

달칵! 달칵!

조용한 다용도실이라 마우스 클릭하는 소리가 제법 크게 들린다.

"찾았다!"

화면이 네 개로 분할되고 해상도도 그리 좋지는 않았지만 자신을 못 알아볼 정돈 아니었다.

동영상 속의 해윤은 커피를 사서 남자가 앉아 있는 테이블로 가 앉는다.

그녀는 화면에 잡힌 남자가 누구인지 금세 알 수 있었다.

"무찬?!"

이상한 기분과 함께 멍하니 화면 속 두 남녀가 하는 양을 지켜본다.

남자는 의자에 기댄 자세로 얘기를 들어주고 있었고, 여자는 뭐가 그리 좋은지 연신 즐겁게 얘기를 하고 있는 모습.

이날이 기억이 났다.

친구인 무찬과 점심 식사 후 커피를 마신 날이었다.

한데 그녀의 기억과 화면에 보이는 모습 사이엔 미묘한 차이가 있었다.

기억엔 친구 사이인데, 화면엔 연인 사이로 보였다.

달칵달칵!

해윤은 홀린 듯이 6월 12일 데이터를 더블클릭 했다.

십 분이 지나지 않아 다시 두 남녀를 찾을 수 있었다.

이번에도 이날의 기억이 떠올랐다.

역시 화면과 기억은 차이가 있었다. 큰 차이가.

6월 12일의 화면 속 남녀는 마치 연인처럼 나란히 앉아 있었고, 여자는 남자에게 팔짱을 낀 채 머리를 어깨에 기대고 있었다.

"…어떻게……?"

무찬과 어떤 얘기를 한 것까지 기억났다. 그런데 그때의 장면은 기억이 나지 않았다.

동영상으로 따지자면 음성은 나오는데 영상은 나오지 않는다고 할까.

해윤은 혼란스러웠다.

그런 와중에 그녀의 손은 다른 날짜의 데이터들을 재생시켰다.

4월 24일, 5월 22일, 5월 30일, 6월 5일, ……, 7월 1일, 7월 3일.

남녀가 함께한 날의 동영상은 너무나 많았다.

머리가 깨질 듯이 지끈거렸다.

그리고 무언가가 생각이 날 듯 말 듯 했다.

"괜찮아요?"

"……."

"이봐요! 괜찮아요?"

"…네."

깨질 듯한 두통도, 아른거리던 기억도 아르바이트생이 몸을 흔들자 순식간에 사라졌다.

"울었어요?"

"네?"

해윤은 손을 올려 얼굴을 만져 보고 나서야 눈물을 흘렸다는 사실을 깨달았다.

"죄, 죄송해요. 제가 찾는데 너무 집중해서."

"…네 시간이나 지났어요. 괜… 찮은 거죠?"

걱정스럽게 바라보는 아르바이트생의 눈빛에 해윤은 눈물을 닦고 애써 웃으며 고개를 끄덕인다.

"오늘 너무 감사했어요."

"기억은… 아, 아니에요. 화면 볼 일 있으면 언제든 와요. 사장님께는 제가 말씀드려 놓을게요."

"…네."

해윤은 다시 한 번 감사를 표한 후 카페를 나왔다.

5시가 넘었지만 여름이라 해는 여전히 거리를 달구고 있었다.

해윤은 하늘을 보며 스스로에게 질문을 던진다.

'그가 무찬인가?'

선배와 동기에게 들었을 때완 느낌이 달라졌지만 여전히 머리는 '아니다.' 라고 말하고 있었다.

다만 무찬을 생각하자 심장의 박동이 조금 빨라지는 느낌은 들었다.

"휴우~!"

해윤은 긴 한숨을 쉬었다.

엉킨 실타래보다 더 혼란스럽고 결론이 나지 않았지만 이제는 '그' 에 대한 생각을 멈출 때였다.

그렇지 않으면 재작년 겨울과 같이 또다시 미쳐 버릴지도 몰랐다.

해윤은 지독한 그리움을 회피하는 법을 배웠다.

* * *

"후욱! 후욱! 후욱!"

한 시간째 러닝 머신 위를 달리고 있는 고동식의 몸은 땀으로 흠뻑 젖어 있다.

거친 숨이 한계까지 왔음을 알렸기에 패널을 조작해 차츰 속도를 줄인다.

"하악! 하악! 하아아아아하."

천천히 걸으며 숨을 고른 그는 샤워실로 향했다.

시원한 물줄기가 뜨거워진 고동식의 몸을 식히자 그의 입에서 절로 콧노래가 나온다.

"으음음흐~ 으흠~ 으흥흥흥~"

샤워를 마치고 머리를 말리면서도, 화장품을 바르면서도, 옷을 입으면서도 콧노래는 멈추지 않았다.

고동식에게 오늘은 특별한 날이었다.

바로 연인인 해윤과 벼르고 벼르던 둘만의 여행을 떠나기로 한 날이었다.

시계를 본 고동식은 아직까지 시간적 여유가 있음을 확인하고 간단한 아침 식사와 함께 2박 3일간 짜놓은 계획서를 살펴본다.

얼마나 자주 보았는지 너덜너덜해진 종이.

그것을 보는 그의 얼굴은 묘한 열기와 함께 웃음이 떠나질 않는다.

"좋아할까?"

원래는 해윤이 계획을 짜기로 했었는데 갑자기 자신에게 계획을 짜라고 말해서 나름 열심히 짠 것이었다.

그래서 해윤은 아직 계획에 대해 아무것도 모르고 있었다.

"괜찮을 거야."

남자의 로망을 채워줄 일을 약간이나마 담은 계획이었지만 수동적인 따라오는 해윤의 성격상 싫어하는 기색을 보인다 해도 딱히 문제가 될 것 같진 않았다.

아침을 간단히 먹은 고동식은 2박 3일 일정의 짐이라기엔 꽤 큰 여행용 가방을 들고 집을 나선다.

차를 타고 해윤의 집 앞에 도착한 그는 전화를 걸었다.

—…네, 오빠.

여행가는 사람치고는 낮게 가라앉은 목소리.

하지만 들떠 있는 고동식은 그저 부끄러움 때문이라고 생각할 뿐이었다.

"해윤 씨, 지금 집 앞이에요."

—나갈게요.

"천천히 나와요."

길옆에 차를 주차하고 밖으로 나와 해윤을 기다린다.
해윤이의 아버지인 노찬성 회장이 살고 있는 저택의 크고 높은 벽이 보인다.
예전이라면 벽을 뛰어넘을 엄두조차 나지 않았을 텐데 이제는 그리 높아 보이지 않았다.
"풉! 용이 된 건가?"
스스로의 생각에 어이가 없어 웃음을 터뜨리는 고동식이다.
고동식은 지금까지 운이 좋은 편이었다.
중학교 때까지 철없이 놀다 고등학교 2학년 때 정신을 차려 공부를 시작했다.
하지만 공부는 하루아침에 되는 것이 아니었다.
다행히 지방대에 합격한 그는 그곳에서 열심히 공부하고, 즐겁게 놀았다.
군대를 제대하고 취업할 때가 되었을 때 그가 갈수 있는 대기업은 사실상 거의 없었다. 그러나 워낙 활동적이고 유쾌한 고동식이었기에 그를 좋아하는 교수들이 많았다.
그중 한 교수의 추천으로 정진 그룹에 시험을 볼 수 있었고, 합격을 했다.
하지만 회사 생활은 그리 순탄치 않았다.
소위 명문대에 MBA까지 딴 동기들과 대부분 그들의 선배인 회사 상사들 사이에서 지방대생인 그가 두각을 나타내기란 불가능에 가까웠다.

알게 모르게 가해지는 압박에도 굴하지 않고 회사를 다니던 어느 날 수수께끼 같은 문제를 풀라는 명령을 받게 되었다.

어릴 때부터 이런저런 경험이 많던 그에겐 남들보다 더 유연한 사고방식이 있었는데 그를 이용해 문제를 풀었다.

그 이후 뜬금없이 정진 그룹 내에서도 엘리트들만 들어갈 수 있다는 정진연구소로 발령을 받게 되었다.

동기들의 시샘을 받으며 들어간 정진연구소는 그룹의 딱딱함보다는 자유로운 생각을 중요시 여기는 곳이었고 그에게 딱 맞는 곳이었다.

운은 거기에서 끝나지 않았다.

연구소장에게서 소개팅을 해보지 않겠냐는 제안을 받았고 나간 그 자리에서 해윤을 만나게 된 것이다.

해윤이 노찬성 회장의 딸이라는 것은 사귀게 된 지 얼마 되지 않아 눈치챌 수 있었다.

해윤의 외모는 고동식의 이상형에 가까웠고, 흔히 드라마에 나오는 부잣집 딸처럼 철이 없지도 건방지지도 않았다.

그리고 사귄 지 얼마 되지 않아 노찬성 회장의 부름을 받게 되었고 공식적으로 인정을 받게 되었다.

그때부터 고동식의 마음속에 '야망' 이라는 단어가 들고 일어났다.

해윤과 사귀기 전에 만나던 여자를 정리하고 해윤에게 맞는 남자가 되고자 최대한의 노력을 했다.

해윤은 결코 정복하기 어려운 여자는 아니었다.

셀 수 없이 같이 밤을 보내고 싶었지만 '노찬성 회장의 딸'이라는 타이틀이 그의 감성을 억누르고 있었던 것이다.

'그것도 오늘로 끝이다!'

노찬성 회장이 2박 3일간의 여행을 모르진 않을 터, 암묵적인 인정을 받았으니 더 이상 거칠 것이 없었다.

"오래 기다렸죠?"

"전혀~"

나오는 데 십 분이 넘지 않았다.

그럼에도 미안하다며 나오는 해윤을 보니 사랑스럽다.

해윤은 반바지에 티셔츠를 입고 평소보다 살이 빠져 있었는데 평소 귀엽다는 이미지를 벗어나 섹시해 보였다.

꿀꺽!

조수석에 올라타는 해윤의 터질 듯한 티셔츠에 시선을 멈춘 고동식은 결국 마른침을 삼킨다.

"가요, 오빠."

"으, 응……."

잠시 주책을 떤 고동식은 부끄러움을 감추고자 후다닥 차에 올라 시동을 걸었다.

"어디로 가요?"

차가 고속도로에 오르자 해윤은 목적지를 물었다.

"시원한 곳이요."

"워터파크예요?"

"이런! 금방 눈치를 챘네요. 목적지에 거의 도착할 때쯤 일러주려고 했는데."

고동식은 별일 아니라는 듯 시원시원하게 말하면서도 해윤의 눈치를 살폈다.

"…수영복을 안 챙겨왔어요."

"괜찮아요. 내가 아주 예쁜 수영복을 사뒀거든요."

"……."

"싫어요? 싫다면 다른 곳으로 가도 돼요."

"아니에요. 싫은 게 아니라 왠지 가면 안 된다는 느낌이 들어서요."

"왜 어린 시절에 물에 빠진 적 있었어요?"

"아뇨. 중학교 때 수영도 배웠는걸요."

"그래요? 음……."

계획을 바꿔야 하는 게 아닌지 고민이 되었다.

비키니 수영복을 입은 해윤의 모습을 얼마나 많이 상상했던가.

고동식이 아쉬워하는 것이 얼굴에 나타났음인지 해윤은 그를 바라보다 입을 열었다.

"워터파크에 가요. 그저 요즘 마음이 복잡해서 그런 쓸데없는 생각을 했나 봐요. 가서 재미있게 놀아요. 한데 어떤 수영복이에요?"

"으응? 수, 수영복? …비, 비키닌데요."

"다행히네요. 원피스는 입으면… 배 부근이 붕 떠서 이상하거든요."

"하… 하! 그, 그런가요?"

원피스를 입은 해윤의 모습이 자연스럽게 머릿속에 그려진다.

고동식은 한시라도 빨리 워터파크에 가고 싶었는지 액셀러레이터를 강하게 밟았다.

평일이지만 방학을 해서인지 워터파크는 많은 사람들로 붐비고 있었다.

늘씬한 미녀들과 몸짱인 미남들이 넘쳐 나는 곳, 그들 중 유독 사람들의 시선이 집중되는 커플이 있었다.

정확하게 얘기한다면 커플 중 여자에게 남자들의 시선이 몰려 있었다.

"오빠, 이, 이 옷 너무 야한 것 같아요."

"보, 보기만 좋은데. 하… 하!"

정말 보기엔 좋았다.

비키니의 상의가 작지 않았음에도 해윤의 하얀 가슴살이 반은 나와 있었다.

고동식은 상상하던 것보다 더 큰 해윤의 가슴에 당황스럽긴 했지만 이런(?) 애인이 있음을 자랑하고 싶은 마음이 있었기에 애써 모른 척했다.

해윤은 가슴만 큰 게 아니었다.

잘록한 허리에서 힙으로 가는 굴곡과 건강미 넘치는 허벅지에서 가느다란 발목까지 떨어지는 선은 예술에 가까웠다.

아쉬운 점이 있다면 키가 좀 작다는 것인데 작은 머리가 그 단점도 커버해 주고 있었다.

"미, 미안해요. 도저히 안 되겠어요. 위에 뭐라도 걸쳐야겠어요."

해윤의 어깨가 점점 굽어지더니 결국엔 두 손으로 가슴 부근을 가리며 수영 용품을 파는 가게가 있는 쪽으로 뛰어갔다.

결국 해윤은 길고 헐렁한 비치 웨어로 몸을 감춘 후에야 가게에서 나왔다.

"미안해요, 해윤 씨."

고동식은 또다시 사과했다.

옷을 사면서 해윤에게 어린 시절부터 남들의 시선에 대한 트라우마가 있었음을 들었기 때문이다.

"이, 이젠 괜찮아요, 오빠."

"정말 미안해요. 알고 있었으면 절대 이런 곳에 오지 않았을 텐데."

"더 이상 미안해하지 말아요. 이제 우리 수영하러 가요, 네?"

해윤은 고동식의 마음을 이해한다는 듯 웃어 보이며 화제를 바꿨다.

그리고 그의 곁에 달라붙어 당기자 고동식은 못이기는 척 그녀가 이끄는 곳으로 향한다.

고동식은 즐거웠다.

모르고 있던 해윤의 마음 씀씀이를 알게 되어서인지 헐렁한 박스 티를 입고 있음에도 비키니를 입고 있을 때보다 더 사랑스러워 보였다.

즐겁게 노는 틈틈이 머리가 아픈지 관자놀이 부근을 만지며 살짝 인상을 쓰는 해윤의 모습을 본 고동식은 결국 걱정스레 물었다.

"해윤 씨, 감기 기운 있는 거 아니에요?"

"아뇨. 요즘 편두통이 좀 심해져서 그래요."

"식사도 할 겸 잠깐 쉴까요?"

"네, 오빠."

한 시간이 넘게 물속에서 놀았더니 슬슬 배가 고프던 참이었기에 해윤의 어깨를 감싸고 식당으로 향했다.

"뭐 먹을래요?"

"시원한 냉면이요."

"그럼 난 정식 먹어야겠네. 같이 나눠먹어요."

"그래요."

"자리 잡고 기다려요. 금방 주문하고 가져갈게요."

식당은 굉장히 붐볐다.

주문을 하고 음식을 받기까지 꽤 시간이 걸렸지만 수영복을 입은 여자들을 보고 있자니 그리 지루하지 않았다.

음식을 들고 해윤을 찾아 두리번거리던 고동식은 혼자 앉아 있는 해윤에게 옆 테이블의 사내들이 수작을 거는 모습을 보자 눈에서 불똥이 튀었다.

“험! 해윤 씨.”

욕이라도 한 마디 던지고 싶었다.

그도 중학교 때는 한 주먹 했었다.

하지만 이런 경우 괜히 나서봐야 해윤이만 다칠 가능성이 높았다. 남자 친구가 있음을 알리는 것만으로 넘어갈 수밖에 없었다.

“쳇! 남자 친구가 있었네.”

“여자가 아깝네. 그나저나 몸매 정말 쩐다.”

“씨바. 나도 저런 가슴에 얼굴을 묻고 싶다.”

“크크크! 한 번 묻게 해달라고 해봐라.”

들으라는 듯 지껄이는 소리에 속에서 천불이 확 올라왔다. 손에 든 젓가락으로 목을 찍어버리고 싶은 충동이 생겼지만 이성이 이를 막는다.

“저 새끼 째려본다. 크크크!”

“여자 앞이라고 자존심은 세우고 싶은가 보지.”

“아서라, 아서. 좆나 맞고 여자 앞에서 똥오줌 싸봐야 정신을 차리지. 낄낄낄!"

아주 들으라는 듯 이죽거린다.

더 이상 참지 못하고 한 마디 하려는 순간, 해윤이 손을 잡고 고개를 흔든다.

"…참아요, 오빠."

"휴우~ 그래요. 자리 옮길까요?"

해윤이 앞에서 그냥 물러나는 게 자존심은 조금 상했지만 나쁘지 않은 선택이었다.

싸움이 크게 번지진 않겠지만 싸웠다간 괜히 더 크게 자존심을 구길 수도 있었고, 혹여나 해윤이가 다치면 큰 낭패였다.

분함에 며칠간 잠은 설치겠지만 지금은 물러서는 게 정답이었다.

"안으로 옮겨… 아아!"

해윤은 말을 하다 두통이 심해졌는지 두 손으로 머리를 감싸며 고개를 숙인다.

"괘, 괜찮아요?"

"…이, 이런 일이 예전에도 있었던 것 같아요. 장소도 여기였어요. 나, 난… 이곳엔 오늘이 처음인데… 왜 이런 기억이… 누구지? 누구와 함께 온 거지? 희미할 뿐 자세히 보이지 않아요!"

신이 들린 건가?

해윤의 행동을 보고 가장 먼저 떠오른 생각은 어린 시절 할머니 댁에서 본 신들린 무당의 모습이었다.

혼잣말처럼 알 수 없는 말을 중얼거리다 점점 목소리가 커지며 굿을 보던 사람들에게 이상한 질문을 하던 무당의 모습은 어린 시절의 그에겐 공포였다.

그 공포가 다시 떠오를 정도로 해윤의 모습은 그 무당과 비슷했다.

"해윤 씨, 정신 차려요! 정신 차려요!"

주변을 의식해 큰소리로 말하진 못했지만 바들바들 떠는 손을 붙잡고 자신의 품 쪽으로 당기며 외쳤다.

"누구지, 누구?! …오, 오빠."

광기에 사로잡힌 듯한 눈빛으로 뭔가를 찾아 두리번거리던 해윤은 고동식을 보곤 차츰 제정신을 찾는 듯 보였다.

"미, 미안해요. 갑자기 뭔가가 떠올라……."

"괜찮아요! 더 이상 얘기하지 말고 가만히 있어요. 깊게 숨을 들이쉬고 내뱉어요!"

얘기를 하다가 다시 이상해지려는 해윤의 말을 잘랐다. 그리고 최대한 안정을 찾도록 도왔다.

어느 정도 진정이 되었을 때 해윤을 데리고 실내로 들어갔다.

실내 테이블엔 빈자리가 없었다. 그래서 식당 직원에게 사정을 얘기하자 시원한 에어컨 앞에 자리를 마련해 주었다.

"나도 간혹 꿈꾸었던 일이 현실에서 일어날 때가 있어요. 아마 해윤 씨도 그런 걸 거예요."

"…정말이요?"

"그럼요. 제 주변엔 다른 사람 태몽만 꿔주는 친구도 있는걸요. 대학교 때 그 친구가 갑자기 엄청 좋은 태몽을 꿨다고 주변에 임신한 사람이 없냐고 묻는 거예요. 다들 웃었죠. 그때 주변에 있던 친구들이 다 대학생이었거든요. 한데, 한 여자 동기의 표정이 딱딱하게 굳는 거예요. 그리곤 곧 울음을 터뜨렸죠. 알고 봤더니 학교 선배랑 사귀고 있었는데 임신을 했더라고요. 그래서 어떻게 됐는지 알아요?"

"……."

"결국 여자 동기는 태몽을 샀고, 애도 낳았어요. 애도 아주 똑똑한가 보더라고요. 하하하! 웃기죠?"

"……."

대답이 없어 해윤을 보니 주문을 받는 카운터 앞에 놓인 모니터를 보고 있었다.

그 모니터에선 워터파크 광고가 나오고 있었는데 한 남자가 보드를 타며 하트 모양을 만들어내는 장면이 나오고 있었다.

"멋있죠? 휴가 계획을 짜면서 나도 저 동영상 봤는데 CG가 아니라 실제 장면이라고 하더라고요."

"……."

고동식은 해윤이 자신의 말을 듣고 있지 않다는 걸 알 수 있었다. 그녀는 오직 그 멋진 영상만을 바라보고 있었다.

"해윤 씨? 내 말 듣고 있어요? 해윤……!"

영상을 보며 눈물을 주루룩 흘리는 해윤의 모습을 보고 고동식은 잠시 말문이 막혔다.

해윤은 자신이 옆에 있는 것조차 모르는 듯 보였다.

그녀의 몸이 서서히 떨리고 앙다문 입술 사이로 비틀어진 소리가 흘러나왔다.

"…나쁜 …자식."

아까처럼 광기에 휩싸인 모습이 아니었음에도 고동식은 두려움을 느껴야 했다.

해윤을 잃을 지도 모른다는 두려움을…….

"박무찬, 이 나쁜 자식아!"

한참을 눈물만 흘리던 해윤은 마침내 소리를 질렀다.

아니, 울음을 터뜨렸다는 표현이 맞을 것이다.

그리고 고동식은 2박 3일의 휴가가 벌써 끝났음을 깨달았다.

5장

제갈화령

파티, 돌잔치, 만월주(생후 일 개월에 하는 행사), 사교 모임…….

모든 행사를 찾아다니다 보니 하루가 어떻게 지나가는지조차 모를 지경이다.

게다가 역겨운 취미 생활까지.

도박.

마작, 골패, 화투, 포커, 주사위, 경마, 경정, 개싸움, 닭싸움… 그리고 스포츠라는 이름으로 태연하게 TV에서 방송되는 격투기까지.

수많은 도박 중 내가 선택한 것은 격투기였다.

우와아아아아!!!

폐공장을 개조해서 만든 도박장이 광기 가득한 함성으로 가득 찬다.

여러 대의 공기청정기가 놓인 VIP 룸이지만 뛰어난 후각 때문에 선수들이 흘린 피 냄새와 1층을 가득 메운 관객들의 퀴퀴한 냄새를 완전히 없애진 못했다.

특히 지독한 피 냄새에 나도 모르게 인상을 썼다.

"쯧쯧! 내가 마귀에게 걸라고 하지 않았나."

진희룡은 내가 돈을 건 선수가 지고 있어서 인상을 쓰고 있다고 생각하는 모양이다.

마귀는 이 격투기장에서 꽤 강한 선수였다.

그리고 그가 이길 거라는 것은 선수 입장을 한 순간부터 알고 있었다.

걸음걸이, 근육의 움직임, 눈빛만 봐도 누가 더 강한지 단번에 알 수 있었지만 난 거의 지는 쪽에 돈을 걸었다.

이번도 마찬가지.

"그렇게 할 걸 그랬나 봐요."

난 진희룡의 말에 고개를 끄덕여 수긍을 한 후, 자리에서 일어나 소리쳤다.

"불독! 일어나, 일어나란 말이야! 네놈이 이기면 십만 위안을 주마!"

격투기를 광적으로 좋아하는 컨셉이니 그에 걸맞는 행동

을 보여줘야 했다.

내 말을 들었는지 불독은 피범벅이 된 채 일어나 다시 전열을 가다듬고 마귀에게 주먹을 날린다.

우오오오오오!

다시 터져 나오는 함성.

1층의 일반석이나 2층의 VIP석이나 모두 불독의 투지에 자리에서 일어나 함성을 지른다.

진희룡을 흘낏 쳐다보았다.

그는 경기를 보고는 있었지만 딱히 감흥이 있어 보이진 않았다.

사교 모임에 참여하면 할수록 진희룡을 자주 만나게 되었고, 어느 정도 친하게 되었을 때 진희룡은 나에게 격투기를 소개해 줬다.

그때 왠지 모를 느낌을 받아 나는 마치 격투기에 흠뻑 빠진 듯 행동했고, 요즘은 그와 격투장을 찾는 게 하루의 일과처럼 되었다.

하지만 정작 진희룡은 격투기를 보면서도 심드렁한 표정이다.

난 진희룡이 '헤븐' 과 연관이 있다고 확신을 하고 있었다.

한데 왜 나에게 접근한 것일까?

이유는 아직 모르겠다.

중국에서도 손꼽히는 거부인 그가 나에게 헤븐을 소개시

켜 주고 수수료나 챙길 것 같진 않았다.
진희룡에 대해 생각하는 동안 마귀와 불독의 싸움은 생각과는 전혀 다르게 진행되고 있었다.
불독이 마귀를 일방적으로 공격하고 있었다.
마귀에게 건 사람들이 압도적으로 많았는지 여기저기서 탄식하는 소리가 들렸다.
"그래! 한 방만! 한 방만 제대로 때려! 한 방만!"
난 미친 듯이 고함쳤다.
이번에도 내 말을 들었는지 불독의 주먹이 정확하게 마귀의 턱에 꽂혔고 마귀는 힘없이 앞으로 쓰러졌다.
"아자!"
기쁨에 손을 들어 불끈 쥔다.
승부 조작이다.
마지막 주먹이 턱에 적중했지만 앞으로 쓰러뜨릴 정도의 힘은 가지고 있지 않았다.
"여기도 이제 한물갔군."
진희룡도 승부 조작임을 눈치챈 모양이다. 난 모르는 척 의문을 표했다.
"네?"
"아닐세. 다음 시합이나 보세나."
이번 시합에 건 금액은 10만 위안. 11배의 배당을 받았으니 순식간에 100만 위안—한국 돈으로 1억 7천만 원—을 번 것이다.

하지만 지금까지 잃은 돈에 비하면 새발의 피였다.

이어지는 격투기 시합.

운이 따르는 건지 이길 사람에게 걸면 이겼고, 질 사람에게 걸면 승부 조작이 일어났다.

물론 예상치 못한 승부도 있었다.

큰 실력 차이가 남에도 기백이 앞서 이기는 경우도 있었고, 럭키 펀치가 들어가 이기는 경우도 있었다.

"후우우우. 내일도 이곳에 올 텐가?"

마지막 시합까지 끝이 나자 진희룡이 시가를 한 모금 빤 후 묻는다.

'이곳에' 라는 단어를 사용하는 걸 보니 다음 단계로 진행할 것인지 묻는 것인가?

깊게 생각할 이유는 없었다.

진희룡이 '헤븐' 에 대해 안다면 좋겠지만 모른다면 그저 역겨운 취미 생활을 즐긴 것으로 만족하면 되니까 말이다.

"처음엔 새로웠는데 자꾸 보니 그저 그렇습니다. 내일부터 호텔 카지노로 가서 슬롯머신이나 돌리렵니다."

"오늘처럼 돈을 딴다면 해볼 만하지 않은가?"

"도박이 아닌 사투를 벌이는 싸움에 짜릿함을 느꼈을 뿐입니다. 돈이야 있어도 그만 없어도 그만입니다."

"허허허. 그런가? 여기보다 거는 액수가 더 큰 곳이라도 상관없다는 말로 들리는군."

이곳의 VIP 룸 기본 판돈은 1만 위안, 최대 10만 위안이었다.

"회장님에 비할 수는 없지만 나름 버는 편입니다."

"그럼 이번 주말부터 다른 곳으로 가보지. 이곳보단 재미있을 걸세."

"그렇다면 거부할 이유가 없죠."

"그만 일어나지. 오늘 젊은 사람들끼리 모이기로 하지 않았나."

"이런, 시간이 벌써 이렇게 됐군요. 서둘러야겠습니다."

"집 근처니 목적지까지 내가 데려다 줄까?"

"옷도 갈아입어야 하고, 차를 안 가져가면 무시를 할 것 같아서요."

"그럴 수도 있겠지. 그럼 주차장까지 같이 가세나."

"네."

배당금은 통장으로 받았기에 딱히 짐이 있는 것은 아니었다.

우리는 일어나 VIP 룸을 나섰다.

*　　　*　　　*

오늘 파티가 있는 장소에 도착할 때쯤 우니에게 전화가 와 차를 한쪽으로 세웠다.

한국을 떠난 후 한 번도 통화를 한 적이 없었기에 잠시 마음을 다잡은 후 통화 버튼을 눌렀다.

"응, 우니야."

—전화받기 곤란해?

"아니, 괜찮아. 한데 전화번호는 어떻게 알았어?"

—일 년 반 만에 통화하는 건데 안부부터 물어야 하는 거 아냐?

"봉구 형에게 잘 있다는 얘기는 들었어."

신수호에게 복수를 마친 후 사실 복수의 마음이 약해졌었다.

특히 디오네가 아플 땐 정말 포기하기 직전이었다.

천외천은 내가 제갈호에게 죽었다고 생각할 가능성이 높으니 다른 이로 산다면 한평생 편안하게 살 수 있지 않을까?

이런 고민을 할 때 우니와 통화를 했다면 한국으로 돌아갔을지도 모른다.

—…에휴, 말을 말자.

"무슨 일이야?"

—돌아오라는 말 하지 않을 테니 너무 딱딱하게 굴지 마. 오빠는 잘 지내?

"응."

—그렇다면 됐어. 이젠 본론을 말할게. 오늘 해윤이가 집에 찾아왔었어. 한데 기억을 모두 찾았나 보더라.

언젠가는 이날이 올 줄 알았다.

일 년 정도 최면 상태를 유지할 거라고 예상했는데 오히려 예상보다는 늦게 기억을 되찾았다.

—오빠에 대해 묻더라.

"…그래? 봉구 형에게 전한 대로 했으면 아무런 문제없을 거야."

해윤이가 기억을 되찾아 나를 찾는다고 해도 '죽었다'라고 생각되게 계획해 뒀었다.

노찬성 회장과 노강윤 사장에게 떠난다는 말은 했지만 뒷조사를 했을 것은 명백한 일. 그들의 조사는 분명 유람선 사건에 이르게 될 테고 죽음에 대한 증언은 목격자인 김철수 형사가 해줬을 것이다.

마지막으로 우니가 '죽었다'라고만 다시 한 번 말한다면 해윤이는 잠시 슬퍼할망정 나를 잊을 수 있을 것이다.

—…….

침묵은 긍정이라고 했는데, 지금 우니의 침묵은 '부정'으로 느껴진다.

"너 설마……?"

—울었어! 해윤이가 펑펑 울었다고. 자신의 기억을 지우고 도망간 오빠 욕을 하면서 정말 죽었냐고 몇 번이고 물었단 말이야. 그래도 오빠가 부탁했으니 나도 죽었다고 말하려 했어. 그런데…….

"그런데, 뭐?"

—그 순간 기절했어. 장장 두 시간 동안 정신을 잃었다고! 얼마나 정신적 충격을 받았으면 그랬겠어! 그리고 깨어나서 또 울더라. 그러면서 횡설수설하고 혼잣말을 중얼거리는데 미친 사람 같았어.

"그래서 살아 있다고 말해줬냐고!"

나도 모르게 목소리가 커졌다.

'아차' 하면서도 쉽게 해결할 일을 복잡하게 만든 우니에게 화가 났다.

우니의 반격도 만만치 않았다.

—그래! 살아는 있다고 말해줬어! 그 애 얼굴을 본다면 오빠도 절대 거짓말할 수 없었을 거야. 정말 내 가슴이 아프도록 슬픈 얼굴이었다고!

"……."

—…….

우리 둘 사이엔 잠시 침묵이 흘렀다.

우니가 말하는 바를 이해했기에 다그치지 못했고, 우니는 화를 참고 있는지 콧바람만 거칠게 내뿜고 있었다.

"어디까지 얘기했어?"

잠시 후 모든 화를 가라앉히고 조용히 물었다.

—다 얘기한 건 아니다, 뭐. 세계를 다 뒤질 듯한 분위기라서 중국에 있는 것까지만 얘기했어.

"알았다."

이미 벌어진 일, 화를 내봐야 소용없었다.

설령 해윤이 상하이에 와 직접 본다고 해도 성형 수술한 내 모습을 알아볼 가능성은 없었다.

"더 이상은 얘기하지 말고."

—…알았어. 미안해, 오빠.

"괜찮아. 어려운 일 부탁한 내 잘못이지. 여름이니 건강 조심하고."

—오빠나 조심해.

"그래, 끊는다."

얘기가 길어질수록 더 끊기가 어려워질 것 같아 말이 끝남과 동시에 종료 버튼을 눌렀다.

그리고 잠시 아무 생각 없이 주변 경관을 바라본다.

문득 술이 마시고 싶어졌다.

새벽에 연화문을 가야 해서 가급적 술을 자제—내공이 없었다면 충분히 취했을 것이다—했는데 오늘은 취하도록 마시고 싶었다.

부우우우우웅아앙아아아앙~~~!

날렵한 스포츠카가 엄청난 속도로 다가왔다가 내가 가는 목적지를 향해 사라진다.

그러고 보니 눈치 보지 않고 취하도록 마실 곳이 가까이에 있었다.

차에 올라 시동을 걸었다.

방금 지나간 스포츠카와는 달리 세단형에 가까운 스포츠카였지만 목적지엔 금세 데려다줄 만큼은 빨랐다.

상하이 북쪽의 해안 지역엔 외부와 완전히 격리되어 있는 부자들만의 주거지가 있다.

허락된 사람들만 들어갈 수 있는 곳으로 0.1퍼센트의 부자가 거주하는 곳.

마을을 지키는 사설 경호원뿐만 아니라 집집마다 경호원들이 있는 곳.

거주지 입구에서 초대장을 보여준 후 경호원이 얘기하는 곳으로 차를 몰자 멀리서부터 오늘 파티를 하는 곳이 보인다.

자동차 전시장을 방불케 할 만큼 고급 외제차들이 주차된 곳에 차를 세웠다.

주차장이지만 시끄러웠다.

차를 탄 채 공회전을 해 차의 배기음을 들려주는 이들도 있었고, 차량용 오디오의 성능을 자랑하고자 음악을 크게 틀어 놓고 리듬을 타는 이들도 있었다.

중국의 재벌 이 세대는 푸얼다이(富二代)라고 불리며 일 세대인 아버지들과 많이 달랐다.

어린 시절부터 미국이나 유럽의 학교를 다니고, 해외의 선진 경영 기법을 배워 깐시(關係)로 대표되는 중국 특유의 인맥과 결탁된 사업 방식보다는 자유민주주의 시장경제를 선호하는 경향이 있었다.

사고방식 또한 서양에 가까웠다.

파티라고 하지만 정장을 입은 사람들보다 자유로운 복장을 한 이들이 훨씬 많았다.

주차장을 지나 음식과 술이 있는 저택의 정원으로 향했다.

"스트레이트 한 잔 부탁해요. 가득!"

술을 따르는 바텐더의 손이 주춤했지만 곧 갈색빛 도는 위스키가 글라스에 가득 채워진다.

벌컥벌컥!

"한 잔 더."

"……."

바텐더는 비싼 술이니 맛을 음미하라고 말하고 싶었는지 모른다.

하지만 나의 박력에 글라스를 채운다.

연거푸 세 잔을 마시자 화한 느낌이 식도에서부터 시작해 온몸으로 퍼진다.

내공을 강제로 단전 속에 가뒀다. 오늘은 정말 취해볼 생각이다.

"여어~ 위준, 오늘 무슨 일 있어?"

남자처럼 말하지만 여자임이 확실히 티가 나는 목소리.

오늘 파티의 주인공이자 날 초대한 장지민이다.

단발머리보다 더 짧은 헤어스타일에 복장도 턱시도에 나

비넥타이. 남자보다는 여자가 좋다며 몇 명씩 옆에 끼고 다녔는데 오늘은 무려 네 명이다.

"스트레스받는 일 있음 술이 아니라 여자로 풀어야지. 여기 네 명 중 한 명 골라봐. 특별히 방도 빌려줄게."

"…됐거든, 그리고 자꾸 말 놓을래?"

"미국에서 자란 사람이 어떻게 중국인인 나보다 더 고지식해?"

나이도 어린 게 능글맞기는.

"같이 한잔하자. 마티니 두 잔 줘요. 이 아가씨들에겐 취향에 맞게 주고요."

조용히 술에 취하고 싶었는데 도움이 되지 않는 녀석이다. 그리고 앉으려면 옆에 있는 수다스러운 네 명의 아가씨들은 좀 떼어놓고 앉으라고!

"손님들 접대 안하냐?"

"역시 고지식해. 누가 주인도 아니고 누가 손님도 아닌 그냥 파티일 뿐이야. 그러니 접대 따위를 할 필요는 없어."

장지민을 알게 된 건 지난달 고위 관료들과의 모임에서였다. 나이도 비슷해 제법 친해졌고 이후에 다시 한 번 더 만났고, 그때 초대를 받은 것이다.

한데 그녀(?)는 유독 고지식하다는 말을 많이 사용했는데 후계자 수업을 받으며 나이 많은 관료들을 자주 상대하다 보니 생긴 말투 같았다.

"근데 생일 선물은 가져왔어?"

"주인도 손님도 없는 그냥 파티라며."

"그것과는 별개지. 너랑 나랑은 친구잖아."

"……."

누가 널 친구라고 생각한다는 거야!

말로는 당할 수가 없다.

"자!"

난 준비해 뒀던 선물을 건넸다.

"뭐야? 작은 상자에 들어가 있는 걸 보니 보석……."

시종일관 능글맞게 굴던 장지민의 얼굴이 처음으로 굳었다. 하지만 그건 순간일 뿐이었다.

다시 능글맞은 얼굴이 되어 묻는다.

"무슨 의미지?"

"생일 축하한다는 의미지."

"과연 그것뿐일까?"

"글쎄, 어떨까나?"

내가 선물한 건 아주 예쁜 머리핀이었다.

별다른 의미는 없었다.

내 눈에 장지민이 사포니즘이 아닌 그저 남자처럼 살기 위해 발악하는 것 같아 안타까워 준 것이다.

"오케이, 일단 접수. 접수했으니 내 마음대로 해도 되겠지?"

물론, 모욕으로 느낄 수도 있을 것이다.

"물론."

"이 머리핀 가질 사람?"

"나!"

"나두!"

"나 줘! 지민 씨."

칵테일을 마시던 네 명의 여자들이 눈을 빛내며 득달같이 달려든다.

"이거 가지는 사람은 여기 있는 위준을 오늘 밤 책임져야 한다는 조건이 붙어."

어이, 어이!

그런 조건에 나설 사람이 있겠냐?

"내가 할게!"

있긴 있구나…….

"아니, 위준 씨는 내가 더 마음에 들 거야."

아니거든! 방금 전에 애가 더 나아!

"그럼, 이건 가장 빨랐던 링링 꺼."

이름이 링링인가. 꽤 예쁜… 아차, 이건 아니지.

"선물 준 사람 앞에서 그러면 재미있냐?"

"그러는 너야말로 나에게 이런 선물 주면 재미있냐?"

표정을 굳힌 채 뚫어지게 쳐다보는 장지민의 얼굴이 약간 떨리고 있는 건 착각일까.

술 취하러 온 것이지 싸우러 온 것이 아니었기에 꼬리를 내리기로 했다.

"…졌다, 졌어. 생일 선물은 다시 하지."

"회사를 줘. 생일 선물 값을 제외하곤 넉넉하게 돌려줄게."

"아직도 그 소리냐?"

"이제 세 번째 말하는 거야. 난 백 번이든 천 번이든 얼마든지 얘기할 수 있어."

"그만큼 널 만날 일도 없네."

"걱정 마, 내가 찾아갈 테니."

서로 소개를 받고 인사를 나눈 후 장지민이 처음 한 말은 Chan' s Investment를 자신에게 넘기라는 소리였다.

농담인 줄 알았는데 두 번째 만났을 때는 구체적인 액수까지 제시를 했었다.

굳이 우리 회사를 사려는 이유를 물었더니 '투자회사에 대해 공부를 하고 싶어서' 였다.

"에휴, 너랑 얘기하고 있으면 머리가 아파. 내가 아는 누군가와 정말 비슷해."

"네가 말한 사람 여자였으면 좋겠다. 나와 닮았다면 정말 매력적일 거 아냐."

리봉구라는 남자다!

물론, 밖으로 내뱉지는 않았다. 괜히 꺼내봐야 이야기만 길어질 뿐이다.

"위스키 스트레이트로 주세요."

이번엔 말하지 않았음에도 가득 따라준다.

"지난번에 얘기했던 거 농담 아냐. 아빠는 금융 그룹을 만들고 싶어 하셔. 만드는 거야 쉽지. 하지만 다국적 투자 기업들이 중국에 들어온 이상 그들과 싸우려면 그들에 대해 알아야 한다고 생각하고 있어."

"HFT(High Frequency Trading) 프로그램 말인가?"

"응."

"우리 회사에 그 프로그램이 있다고 생각하는 거야? 개발 비용이 우리 회사 자산보다 많이 든다는 거 알고 하는 소리야?"

"속이는 것도 고지식해."

거기서 고지식해라는 말이 왜 나오는데!

"조사를 한 건가?"

"당연하지. 네가 캐플러 투자 그룹에서 일했다는 것도 알고, 그곳에서 일하다 중국으로 넘어왔다는 것도 알아. 그리고 Chan' s Investment의 HFT를 중국 시장에 맞게 테스트하고 있다는 것도."

나에 대해 철저하게 조사를 했다. 다만 위장한 사실 그대로 말이다.

"그리고 이건 추측인데 너희 회사는 HFT 프로그램을 영구적으로 사용할 수 없을 거야. 테스트 조건으로 삼 년 정도 사용권을 얻지 않았을까 싶어."

"헐! 대단한데."

이번엔 약간 놀라웠다.

장지민이 그저 그런 재벌 이세가 아니라는 걸 알 수 있는 대목이었다.

미지 그룹 때와는 달리 우리 회사는 캐플러 그룹과 별개의 회사라는 점 때문에 디오네라고 해도 마음대로 HFT를 내어줄 순 없었다.

그래서 중국 시장에 대한 피드백을 한다는 조건으로 HFT 프로그램을 사용할 수 있었다.

물론, 캐플러 그룹 주주들과 투자자들이 보고 있으니 눈 가리고 아웅 하는 것이긴 했다.

막말로 디오네가 새로운 프로그램을 만들어서 몰래 줘버리면 그만인 것이다.

"내 예상이 맞았구나?"

"속일 일은 아니니 '그렇다' 고 말해주지. 다만 삼 년이 아니라 오 년이야. 그동안 유사한 프로그램을 만들 생각이지만."

"음, 그럼 가격을 더 올려야겠네."

"많이 올려야 할 거야."

"오! 팔 생각이 있긴 한가보네?"

"지난 일 년 동안 Chan's Investment가 얼마나 벌었는지 알면 지난번에 제안했던 금액에서 약간 올리는 건 씨알도 먹히지 않을 거야."

"얼마나 벌었는데."

"알아봐."

"치사하게!"

회사에 대해 나의 권한은 사실 없다. 그저 디오네와 제시카가 둘의 재산을 투자해 번 돈을 나에게 거저 주고 있는 것이다.

천외천에 대한 복수가 끝나고 나서 팔지 안 팔지는 두 사람이 결정할 것이다.

단지 난 대외적 최대 주주이자 CEO로 여지만 남겨둔 것이다.

장지민과 얘기를 하며 술을 마셨더니 어느새 꽤 마셨나 보다. 쓸데없는 말을 주저리주저리 하는 걸 보면 말이다.

흠칫!

내공을 봉하고, 술을 많이 마셨다곤 하지만 누군가가 내 등 뒤에 접근할 때까지 모르고 있었다니.

"지민아, 잘 지냈어?"

"화령 누나!"

"언니라고 몇 번을 말해야 알아듣니?"

제갈화령?!

뒤를 잡혔다는 놀람보다 제갈화령을 이곳에서 만나게 되었다는 기쁨이 더 컸다.

고개를 돌려 제갈화령을 본다.

이목구비가 또렷해 예쁘장하게 생겼다. 순수하게 미모로만 따진다면 장지민을 따라다니는 아가씨들과 별 차이가 없다.

하지만 새하얀 피부와 웃고 있는 입, 작은 두상과 긴 목, 마른 듯하면서도 굴곡 있는 몸매가 조화를 이뤄 굉장히 매력적이었다.

특히, 길쭉한 팔다리가 인상적이었다.

"지난달에 상하이 왔을 때 왜 갑자기 사라졌었어요?"

"일이 생겨서 바로 베이징으로 돌아갔었어."

"무슨 일요?"

"개인적인 일이야. 한데 누구?"

이제야 날 힐끔거리며 장지민에게 묻는다.

"친구."

"왜 내가 너랑 친구야! 처음 뵙는 분이군요. 위즐러 챈입니다."

"제갈화령이에요. 지민이랑 꽤 친해 보이는군요."

…이 여자도 정상은 아니다.

눈앞에 있는 제갈화령을 어떻게 할지 고민을 해본다.

기회를 봐서 납치를 하면 어떨까?

힘들어 보인다. 실력이 어느 정도인지 도무지 가늠이 안 되는 상대다.

생각할 시간은 길지 않았다.

그래서 일단 친해지는 걸 목표로 삼기로 했다.

"말이 통하는 상대긴 하죠."

"화령 누나. 친구예요, 친구. Chan's Investment의 대표이

기도 하구요."

"호호호! 네가 친구라면 친구겠지. 그럼 내가 말 편하게 해도 되겠지?"

"…네."

"둘이 술 마시고 있었나본데 합석해도 되겠지?"

"그래요. 누나를 위해 빈티지 와인 모아뒀어요."

"호호호! 오늘 실컷 마셔볼까?"

제갈화령의 성격은 화끈하다 못해 남자 같았다.

"늦게 시작하는 거니 보조를 맞춰야겠지? 와인으로는 아까우니 백주로 하자."

그리곤 백주를 글라스로 세 잔 연속 마신다.

"역시 누나도 고지식해."

"나 말고 누가 또 고지식해?"

"위준이요."

"위준?"

"얘 중국식 이름이 위준이래요."

"훗! 지민이가 고지식하다는 거 보면 너도 천상 중국인이구나. 한잔할까?"

"좋죠."

제갈화령은 성격만큼 술도 셌다. 물론 상당한 무술의 고수니 당연한 일일지 몰랐다.

"미국에서 자랐다고?"

"네."

"근데 너 꽤 강하구나."

갑자기 쑥 치고 들어오는 제갈화령.

"에에~ 위준이 강하다고요?"

"응, 그것도 꽤."

내가 남의 실력을 가늠할 수 있다면 천외천 또한 내 실력을 가늠할 수 있지 않을까.

이 생각은 중국으로 넘어오면서부터 하고 있었다.

그래서 나름 스토리를 만들어뒀다.

"할아버님께 어린 시절부터 배웠어요. 호흡법과 간단한 경신법이었죠."

"문파는 어디야?"

"모르겠어요. 다만 선조께서 천지회 소속이었다는 얘기는 들었어요. 무술은 실전된 채 호흡법과 경신법만 할아버지께 전해졌대요. 할아버지는 문화혁명 당시 도미하셨고요."

"음, 무술은 못 배웠겠네?"

"미국 우슈 도장에서 태극권을 배웠고, 중국에 들어와서는 장성문 사부님께 연환권을 배우고 있어요."

"장성문 노사님이라면 나도 이름은 들어봤어. 연환권의 심법은 후계자 외엔 가르쳐 주지 않을 텐데?"

"형(形)만 배웠어요. 호흡법은 할아버지에게 배운 것이 있으니까요."

"참 그랬지."

"누님도……."

"누나라고 불러. 누님이 뭐니, 고지식하게."

"큭큭큭!"

"……."

내가 고지식의 왕이 되는 순간이었다. 제갈화령보다 옆에서 웃는 장지민이 더 얄밉다.

"누나도 강한 것 같아요."

"나도 너처럼 어린 시절부터 중국 무술을 배웠거든. 한번 대련해 볼까?"

"싫어요. 술이 취하기도 했지만 주변에 사람이 너무 많아요."

"집 안에 조용한 곳 있어."

또다시 끼어드는 장지민.

"주.변.사.람.이 많아서 싫다고."

"어라, 그 말 들으니 섭섭한데, 친구."

"친구 아니라니까! 내가 화령 누나에게 친구라고 하면 누나가 좋겠냐?"

"해보든가."

"이……!"

동조를 구하듯 제갈화령을 봤지만 자신만 아니면 상관없다는 것인지 눈을 부라린다.

"그래, 친구 먹어라!"

"앗! 두말하기 없기다."

"그래!"

제갈화령과 친해지려면 장지민의 도움이 필요할 것이라는 생각에 결국 '호친'을 허락했다.

"조만간 조용한 곳에서 해요."

"지금 당장 실력이 궁금하긴 하지만 정상적일 때 하는 게 좋겠지. 조만간 내가 연환문으로 찾아갈게."

"네."

"와인이 도착했으니 본격적으로 시작해 볼까?"

장지민의 전화를 받고 집사로 보이는 사내가 몇 병의 와인을 들고 왔고, 다시 술판이 벌어졌다.

이날 새벽까지 제갈화령과 대작을 하느라 원하는 만큼 취할 수 있었다.

그리고 아침에 일어났을 때는 '아주 예쁜 머리핀'을 꽂은 아가씨와 함께였다.

6장

불곰

흑사회는 웬만한 일로는 아옹다옹만 할 뿐 조직의 사활을 걸고 싸우지는 않았다. 괜스레 싸우다 피해를 입으면 제3의 세력에 둘 다 먹힐 수 있었기 때문이다.

그래서 일이 커진다고 해도 조직의 두목들끼리 만나 좋게 해결하는 경우가 많았는데 특히 상대 조직이 삼합회의 회원이라면 한 발 양보해 주었다.

그런데 지금 상하이에서는 지각변동이 일어나고 있었다.

백련이라는 흑사회가 내, 외국인을 막론하고 납치해 성매매를 시키고, 살해한 사건은 세계를 떠들썩하게 만들며 중국의 위상을 똥통에 빠뜨렸다.

화가 난 중국 국가주석은 사건의 철저한 규명과 강력한 관련자 처벌을 명령했다.

이에 백련을 뒤에서 봐주던 공안의 실권자들이 줄줄이 감옥으로 갔고, 상하이의 삼합회 조직 몇 개는 본보기로 공중분해 되었다.

그것도 부족했는지 공안은 삼합회의 자금줄인 살인, 매춘, 마약 밀매 등을 철저히 감시해 압박해 나가고 있었다.

가장 살판이 난 건 봉구와 불곰이었다.

사건의 기사가 터질 것을 미리 알려준 덕분에 불곰을 밀어주던 공안 고위 관리들은 보신을 할 수 있었고 정적들을 쳐낸 후 그곳을 자신의 사람들로 채워 넣을 수 있었다.

그러다 보니 공안 내에서 불곰의 입지는 더욱 커졌다.

또한, 공안을 등에 업고 괴멸된 삼합회 지역을 힘들이지 않고 접수함으로써 더 많은 조직원을 받아들일 수 있는 자금줄도 확보하게 되었다.

그렇게 세력을 확보해 갔지만 몸을 사려야 하는 입장의 삼합회는 제대로 대응조차 하지 못했다.

파천의 행정적인 일은 불곰이, 싸움에 관해서는 봉구가 맡고 있었다.

공안의 고위 관리를 상대하는 불곰은 사건 후 연일 상하이 공안청을 들락거렸고, 공안들을 접대해야만 했다.

오늘도 마찬가지.

공안청 부청장과 독대를 하고 있었다.

"한 잔 더 올리겠습니다."

"그러지."

벌써 삼십 분째, 불러놓고 술만 홀짝이는 부청장 모우량을 접대하고 있는 불곰은 짜증이 났다.

중국 사람이라고 모두 만만디 성격을 가진 것은 아니었는데 이 빌어먹을 부청장은 도무지 입을 열 줄 몰랐다.

물론 짜증을 겉으로 내보일 만큼 불곰의 내공이 낮지는 않았다.

'그저 여자가 고파서 온 건가?'

벌써 두 명의 얼나이(첩)을 데리고 있는 늙은이지만 여자 욕심은 여전했다.

"괜찮은 아가씨가 있는데 들일까요?"

"좀 있다 들이지."

여자를 마다하는 걸 보면 분명 다른 용건이 있다는 소리.

'니 맘대로 해라. 씨발 놈아!'

편하게 마음먹기로 했다.

다시 삼십 분쯤 지났을 때 모우량이 비로소 속내를 드러내기 시작했다.

"이보게, 곽 사장."

불곰의 중국 신분은 곽천기였다.

"말씀하십시오."

"자네 혹시 추문호 서기를 잘 아나?"

"글쎄요, 아직까지 못 뵈었습니다만……."

"혹, 자네 뒤를 봐주는 사람은 없나?"

불곰은 잠시 머리를 굴린 후 답했다.

"인연이 있는 사람은 있습니다. 한데 무슨 일인지 여쭈어도 되겠습니까?"

"서기가 날 청장으로 추천했네. 그러면서 현재 내가 도와주고 있는 사람을 잘 부탁한다더군."

'젠장! 또 축하금 나가게 생겼군. 위준 형님 덕분에 올라갔으면 니가 나한테 돈을 줘야지!'

"축하드립니다!"

생각과는 전혀 다른 말을 하는 불곰.

"일단 축하는 조금 뒤로 미루지."

'그만두자는 소리는 절대 안 하는군.'

"자네와 인연이 있다는 그 사람, 혹시 흑사회와 연관이 있는 사람인가?"

"아닙니다. 우연히 친해지긴 했지만 이쪽 세계와는 전혀 관계없는 사람입니다."

"음, 그렇군. 하면 자넨 삼합회에 대해 어떻게 생각하나?"

!!!

모우량의 말에 불곰은 때가 왔음을 깨달았다.

폭력 조직을 만들고 세력을 키운 이유는 천외천과의 싸움에 이용하기 위한 것과 삼합회의 그늘로 들어가기 위한 것, 두 가지였다.

삼합회와 분쟁을 일으키고, 삼합회의 영역을 집어삼킨 건 그들과 싸우기 위한 것이 아니었다.

그들이 불러주길 기다린 것이다.

일단 삼합회에 속하게 되면 같은 삼합회인 천외천과 싸움이 벌어진다고 해도 외부의 침입이 아니라 내부 갈등이 된다.

즉, 삼합회가 중재를 할지언정 나서지는 않을 것이고, 우리는 그 사이에 치고 빠지면 되는 것이었다.

불곰은 박무찬이 세운 계획대로 되어가는 걸 보며 묘한 희열을 느꼈다.

"싸워서는 안 될 상대죠."

"몇 번 충돌이 있었던 상대에 대해 그렇게 말하니 뜻밖이군."

"자리를 잡기 위해선 어쩔 수 없었습니다. 목숨을 걸지 않으면 뿌리내리기 힘드니까요."

"그야 그렇지. 하면 지금은 뿌리내렸으니 삼합회와의 충돌은 피하겠다는 소린가?"

"목숨은 하나니까요."

"으하하하핫! 그렇지, 목숨은 하나지."

"한데 저에게 이런 말씀을 하시는 이유가……."

"자네와 비슷한 이유로 난 삼합회가 아닌 다른 흑사회 조직의 뒤를 봐줬네. 하나 지금 이곳 상하이에선 삼합회가 약해졌다곤 하지만 중국 전역을 놓고 보자면 그들의 힘을 무시할 수는 없지."

"그 말씀은……."

"자네나 나나 이젠 주류에 들어가야 하지 않겠나?"

"배를 갈아타자는 말씀이신데 과연 그들이 승선을 허락하겠습니까?"

"허락하면 탈 마음은 있고?"

"목숨은……."

"하나지. 솔직히 말하겠네. 자네를 삼합회에서 받아들일 생각이 있다더군."

"청장님과 함께라면 수락하겠습니다."

"허허허허헛. 자네에게 삼합회에서 찾아갈 걸세."

"앞으로도 잘 부탁드리겠습니다, 청장님."

"나야말로."

"좋은 일도 생겼으니 즐겁게 술을 마시는 게 어떻습니까? 하하하하!"

"바라는 바일세.

아가씨들이 들어오고 질펀한 술판이 벌어진다.

"청장님, 잘 모셔라."

"걱정 마세요, 곽 사장님."

모우량이 같이 술을 마셨던 세 명의 아가씨와 즐기러(?) 가며 술자리는 비로소 끝이 났다.

"영감탱이 힘도 좋아, 칫!"

혼자 남은 불곰은 투덜대며 술집 로비를 나가고 있었다.

접대를 하고 나면 스트레스가 쌓이는 불곰이었다. 그래서 한 시간 정도는 성격이 아주 사나워졌는데 그럴 땐 건드리지 않는 것이 상책이었다.

팍!

한데 누군가가 그의 뒤통수를 사정없이 때린다.

"이…! 어느 잡놈의 새끼가……!"

안 그래도 열 받는데 차라리 잘 되었다 싶었다.

죽이지는 않겠지만 반병신으로 만들어 버리겠다는 각오를 하며 뒤돌아보았다.

하나 뒤돌아본 불곰의 얼굴은 급속히 창백해졌다.

"지금 날 잡놈이라고 불렀냐?"

"보, 봉구 형님! 여, 여긴 어쩐 일로."

"널 찾고 있었다."

"무, 무슨 일로?"

"이야~! 이놈 공안들과 놀더니 말 돌리는 실력 엄청 늘었네. 일단 맞고 얘기하자."

"으악! 사, 살려주십시오."

당장에라도 죽일 것처럼 말하는 봉구를 보고 불곰은 눈을 질끈 감았다. 하지만 정작 몸에 어떤 충격도 전해지지 않아

실눈을 떴다.

"쯧쯧! 덩치 값도 못하고 겁만 많아서는. 할 얘기 있으니 방으로 들어와."

"네네! 형님."

죽다 살아난 불곰은 바로 봉구의 뒤를 따랐다.

"돈 좀 주라."

"……."

봉구는 자리에 앉자마자 돈을 내놓으란다.

불곰은 성질머리 더러운 그가 욕을 먹고도 때리지 않은 이유를 그제야 알 수 있었다.

"월급날이 지난 주였는데 벌써 다 쓰셨습니까?"

"응, 그러니까 달라는 거지."

역시 뻔뻔했다.

봉구는 돈이 떨어지면 언제나 이런 식이었다.

월급이라고 하지만 적은 돈도 아니다. 두목으로서의 품위 유지비, 업무 추진비 등을 합쳐 1억이 넘었다.

그 돈을 일주일도 안 되서 날려 버린 것이다.

"어디에 쓸 생각이십니까?"

"그건 알아서 뭐하게?"

"위준 형님께서 앞으로는 사용처를 무조건 적어놓으라고 하셨습니다."

불곰은 무찬의 원래 이름을 알았지만 여전히 위준이라고

불렀다.

"무찬이, 그놈. 지는 돈 펑펑 쓰고 다니면서 우리한테는 왜 못 쓰게 하는 거야?"

'그야 형님 때문이지요!'

"불곰, 그러지 말고 공안 놈들한테 갖다줬다 하고 한 일억, 아니, 이억만 주라."

"돈 갖다 바치는 것도 장부에 몽땅 기록하고 있습니다. 그러니 쓰실 곳을 말해주십시오."

"치사한 새끼. 뻔히 알면서도 묻고 싶냐? 내가 돈 쓰는 데가 한 곳밖에 더 있냐?"

"역시나 또 탈북자들 도운 겁니까?"

"너도 애들 굶고 있는 거 봐라. 가만히 있게 되나."

"형님 정말 미쳤군요."

"뭐? 이 자식이 맞아야……."

봉구가 때리려고 손을 들어 올렸지만 불곰은 눈도 깜짝하지 않고 말을 계속했다.

"우리가 이곳 상하이에 북한 주민 구호하러 온 줄 아시는 겁니까? 돕는 것도 한두 번이지 이러다가 중국 정부에 걸리면 우리뿐만 아니라 지금까지 도운 북한 주민들까지 깡그리 잘못되는 수가 생깁니다."

불곰은 인간적으로는 무찬보다 오히려 봉구를 더 좋아했다.

뒷골목 세계와 더 가까운 인물이기도 했지만 틱틱거리긴 해도 사람들 챙기는 거 보면 무찬보다 훨씬 인간적인 사람이 봉구였다.

상하이에 와서 봉구가 맡은 역할은 탈북자 중 특수부대 출신의 스나이퍼를 모으는 일이었다.

그러면서 중국에서 고생하는 북한 주민들을 보게 되었고 돕기 시작했다.

한국으로 넘어가지 못하는 이들은 중국인으로 만들어주기도 했고, 상하이에 거점을 정하고 세력권이 형성되자 일자리도 마련해 줬다.

이런 봉구의 행동에 모두 박수를 쳐줬고—무찬은 두고 보라는 말로 냉소했지만—꽤 많은 기부를 했었다.

한데 처음엔 한두 명이던 북한 주민들이 수십 명이 되고 수백 명이 되는 건 시간문제였다.

중국인으로 만들기 위해 갈수록 더 많은 돈을 상납해야 했고, 더 많은 일자리가 필요하게 되었다.

하지만 상하이의 주민들은 북한 사람들이 떼를 지어 다니는 걸 싫어했고, 상하이 시 당국에서도 노골적으로 곤란하다는 의사표시를 해온 것이다.

그때 무찬이 특단의 조치를 내렸다.

육 개월간 Chan's Investment에서 벌어들인 돈으로 다른 지방에 농장과 농지를 사들여 그곳으로 많은 북한 주민들을 이주시킨 것이다.

문제는 거기서 일단락되었다.

그리고 박무찬은 특수부대원을 모으는 것 외에는 북한 주민을 돕지 못하도록 못 박았다.

한 달 정도는 조용했다.

그러나 한 번 돌기 시작한 거대한 돌을 멈추기에는 한계가 있었다.

상하이에 거주하게 된 북한 주민들의 친척이, 친구가 찾아왔고, 또 다른 지방에 보낸 사람들의 가족들이 찾아왔다.

다시 그 뒤처리에 몇 달이 걸렸다.

이번엔 디오네와 제시카가 앞으로는 절대 안 된다며 봉구에게 경고를 했다.

문제는 주변은 정리했지만 농장으로 보낸 주민들과 이곳에 남아 있는 북한 주민들에게 여전히 돈이 들어가고 있다는 것이었다.

시작하지 않았으면 모를까 무찬은 손 댄 일은 끝까지 책임을 지는 타입이었다.

중국인 증명서가 나오면 바로 사서 북한 주민들을 중국인화시켰고, 최대한 살 방도까지 마련해 주었다.

이런 사정을 모두 알고 있는 불곰은 그저 눈앞만 바라보는 봉구에게 정말 화가 났다.

"형님이 그때 벌인 일이 아직도 해결이 안 됐습니다. 그런데 다시 일을 만들면 어쩌자는 겁니까?"

"일을 만들겠다는 게 아니라 그냥 애들한테 먹을거리를 사 주는 것뿐이라고."

"안 봐도 뻔합니다. 살 만한 곳을 구해주고 생활비까지 줬겠죠."

"그야……."

"휴우~ 저도 이제 포기하렵니다."

"불곰!"

봉구는 자신을 돕던 불곰을 보며 복잡한 마음을 담아 큰소리로 불렀다.

그러나 불곰은 고개를 흔들며 답했다.

"차라리 저를 죽이십시오. 그 편이 훨씬 낫겠네요. 위준 형님이 형님과 저에게 생명 수당이라고 준 그 큰돈도 형님의 씀씀이 앞에선 사라졌습니다. 제발 정신 좀 차리십시오! 형님이 북한 주민을 돕는 건 당연하다고 생각합니다. 그렇지만 생각 좀 하시길 바랍니다. 그 뒤처리는 누가 하는지."

"……."

봉구의 행동을 이해 못하는 건 아니었다.

불곰 그라도 어린애가 굶고 있으면 돈 몇 푼이라도 쥐어 줄 것이다.

그러나 1억을 일주일도 안 되서 다 썼다는 걸 보면 또 수십 명은 될 터.

더 이상은 무리였다.

"불곰아, 이번 한 번만 넘어가자, 응? 내가 두 번 다시 이런 일을 벌이면 개봉구다."

"죄송합니다, 형님. 형님은 이미 오래전부터 그렇게 되셨습니다. 위준 형님께 전화드리겠습니다."

"……."

봉구는 불곰의 말에 아무 말도 할 수 없었다.

그리고 벌써 몇 번이고 방금 전과 같은 약속을 했었다는 걸 기억해 냈다.

* * *

불곰이 좋은 소식과 나쁜 소식을 동시에 전해줬다.

오늘 참석할 예정이었던 모임의 초대장을 찢어버리고 씁쓸한 마음을 안고 봉구 형과 불곰이 있는 고급 술집으로 향했다.

붉은색으로 치장된 술집 입구를 지나 두 사람이 있는 룸으로 들어가자 어색한 분위기에서 각자 술을 마시는 봉구 형과 불곰이 보였다.

"위준 형님, 오셨습니까?"

"응, 빈속에 술 마시면 속 버린다."

"새로 차려오게 하겠습니다."

"배를 채울 요리도 부탁한다."

"알겠습니다."

테이블이 치워지고 새롭게 상이 차려질 때까지 우리 세 사람은 아무 말도 하지 않았다.

잘못한 것은 아는지 의기소침하고 있는 봉구 형을 보고 있자니 마음이 짠하다.

난 평소보다 좀 더 명랑한 목소리로 입을 열었다.

"이번에는 몇 명이에요?"

"……."

단단히 마음이 상했나 보다.

"불곰한테는 얘기해도 나한테는 얘기하기 싫어요?"

"…그건 아니고."

겨우 입을 연다.

"그럼, 일단 술 한 잔 하고 시작하죠. 술은 내가 말죠."

"아닙니다, 형님. 제가……."

"괜찮아, 나도 한 번 말아보자."

맥주와 양주를 이용해 폭탄주를 만들어 한 잔씩 돌렸다.

"원샷!"

"넵!"

"……."

우리는 일제히 글라스에 든 폭탄주를 마셨다.

이렇게 세 사람이 술을 마신 것은 한국에서 마셨을 때를 제외하곤 처음이었다.

그때는 불곰을 봉구 형에게 소개하는 자리였는데 금세 친해진 두 사람과 참으로 즐겁게 마셨다.

그런데 오늘은 이렇게 축 늘어져 있다.

"몇 명이에요?"

"…서른 명. 나, 나도 처음엔 그렇게 하려고 했던 건 아냐. 그냥 굶고 있는 꼬맹이가 불쌍해 도와주었는데 어쩌다 보니……."

"봉구 형!"

"으, 응?"

"형답지 않아요. 언제나 무모할 정도로 힘이 넘쳤잖아요? 그런데 오늘은 왜 그래요?"

"그야……. 너한테 미안하기도 하고, 불곰 얼굴 보기도 좀 그렇고."

이 인간이 나에게 미안하다는 표현을 다 하다니 내일 해가 서쪽에서 뜰 게 분명하다.

"불곰!"

"네, 형님!"

"너 요즘 안 맞아서 몸이 근질거리지? 도대체 봉구 형에게 무슨 말을 했기에 저 지경이야!"

"그, 그게……. 죄송합니다! 그리고 연환문에서 매일 때리지 않습니까."

“그거야 사제에게 무술을 가르쳐 주다 보니 그런 거고.”

“…죄송합니다.”

“세 잔 원샷!”

“넵!”

불곰은 폭탄주 세 잔을 말고는 바로 마신다. 그동안 난 봉구 형과 다시 얘기를 시작했다.

“서른 명 내가 돌봐줄게요.”

“정말!”

인간이 참 단순하다. 언제 시무룩했냐는 듯 활짝 펴진다.

하지만 불곰이 화들짝 놀라 소리친다.

“형님! 그건…….”

“봉구 형이랑 얘기하는데 누가 끼어들래? 세 잔 더!”

“…네.”

“이번이 진짜 마지막일 거야! 내가 이번엔 손모가지를 걸게.”

불곰은 다시 술을 말았고, 봉구 형은 두 번 다시 안하겠다는 다짐을 한다.

그러나 난 믿을 수 없다.

자신의 고향 사람이 굶고 있는 것을 보고 도와주지 않을 인간이 아니었다.

다음엔 분명 자신의 잘린 손을 들고 와 도와달라고 할 사람이 봉구 형이었다.

그래서 봉구 형을 좋아하는지 모르겠다.

그리고 사실 그의 손목보단 우니가 슬퍼할 것이 더 걱정되었다.

"하하하! 이젠 그런 일 없을 거예요."

"그럼! 절대 그런 일 없을 거야! 자자, 한 잔 먹자. 하하하!"

봉구 형은 내말 뜻을 이해하지 못했다. 하지만 불곰은 이해를 했는지 표정이 굳는다.

"형은 이제 그만 한국으로 가요."

"음하하하! 그래, 한국으로… 응? 그게 무슨 말이냐?"

"말 그대로예요."

방금 전까지 웃던 봉구 형의 얼굴은 어느새 울그락불그락 해졌다.

"너……!"

"난 형의 손목이 잘리길 원하지 않아요."

"약속은 지킬 거야!"

"나도 약속을 하면 이.번.엔. 지킬 거예요."

"……."

눈이 얽혔다. 나의 의지가 전달되었고 봉구 형도 그걸 느꼈는지 눈을 내린다.

"처음부터 한국에 머물길 바랐잖아요."

"그것과는 다르지. 쫓겨나는 거니까."

"쫓겨나는 게 아니에요. 우니를 만나러 가는 거죠."

"싫어! 이런 식이면 싫다고."

똥고집이다.

그러나 더 이상 이곳에 머물게 해줄 수 없다.

"좋아요. 형이 원한다면 있게 해드리죠. 하지만 그전에 해야 할 일이 있어요."

"뭐지? 뭐든지 할게!"

뭐든지라……. 내가 뭘 시킬지 알고 이런 말을 하는 건지 모르겠다.

역시 봉구 형은 이곳과 어울리지 않는다.

"일단 서른 명을 내치세요."

"그건……."

"그리고 파천에서 일하는 북한 주민 중 과다한 인원은 형이 직접 자르시고요. 마지막으로 호남성에 있는 농장과 농지를 정리하세요. 이게 조건이에요."

"……."

가혹하다고 생각할까.

마음이 편치 않다. 그러나 할 말은 해야 했다.

"서른 명을 내치는 일조차 못할 거라는 거 알고 있어요. 그래서 이런 조건을 내걸었죠."

"…반드시 가야 한다는 소리구나."

"형이 안가면 우리는 여기서 모두 멈춰야 해요."

"오버하지 마!"

지금은 무슨 말을 해도 통하지 않을 것 같다.

불곰이 따라둔 술을 마신다.

최대한 마음 상하지 않게 말을 하려니 쉽지가 않았다.

"봉구 형님, 위준 형님을 속 좁은 사람으로 알면 형님은 참 나쁜 사람입니다."

"불곰, 조용히 해."

"맞을 때 맞더라도 할 말은 꼭 해야겠습니다. 죄송합니다, 형님. 디오네 누님과 제시카, 그리고 위준 형님이 얼마나 돈을 썼는지 모르시죠? 많이 벌었으니 그 정도는 써도 된다고 생각하시겠죠? 그럼 형님이 그 돈을 벌어보세요! 형님이 그동안 데려온 북한 주민이 몇 명이나 된다고 생각하시죠? 숫자는 아시나요?"

말술인 불곰이 취하다니 생각도 못했다.

난 약간 꼬부라진 혀로 말하는 불곰을 굳이 막지 않았다.

불곰은 나보다 봉구 형을 더 좋아했다.

"이천 명이 넘습니다. 지금 그들을 먹여 살리고 중국인으로 만들고 있는 사람이 형님이십니까? 다 좋습니다. 디오네 누님도 제시카도 부자니까 그 정도 돈이야 우습게 쓸 수 있겠죠. 그럼, 형님이 서른 명만 먹여 살리십시오. 그럼 제 손목을 형님께 드리겠습니다. 진짭니다. 이 불곰, 양아치같이 살아왔지만… 약속 하나만큼은 확실히 지킵니다. 그러니… 그러니……."

불곰은 울고 있었다.
하지만 절대 흉해 보이지 않았다.

오늘은 술맛이 참 쓰다.

7장

대련

봉구 형은 한국으로 떠났다.

모두에게 미안하다고 말한 후 우니와 지낼 수 있게 되었다며 웃으며 떠났다.

그동안 고생했다며 디오네가 돈을 챙겨주자 무슨 침대를 살까 고민하는 봉구 형을 몇 대 때려줬지만 웃음은 끝까지 지우지 않았다.

그가 하던 특수부대원 모집 일은 경호대 대장을 맡고 있던 양상지가 맡게 되었고, 무력에 관한 건 내가 맡기로 했다.

퍽! 철푸덕!

주먹질에 세로축으로 한 바퀴 돈 불곰은 바닥에 찰지게 떨어진다.

술에 취해 내 말을 듣지 않은 대가를 치르는 게 아니었다.

그저 대련 중에 발생한 아주 일상적인 일이었다.

“혀…, 사형의 주먹에 뭔가 사심이 들어간 듯합니다.”

“착각이다.”

“목 사형에게 여쭈어보면…….”

퍽!

“꽥!”

“대련 중에 잡담하지 마라. 그러다 잘못 맞으면 죽는 수가 있다.”

당연히 대답은 없었다.

불곰은 널브러져 기절을 했으니까.

그날 불곰의 말에 감격을 했는지 봉구 형도 울었다. 그리고 둘이 하나가 되어 나를 씹어댔는데 그것에 대한 대가를 치르는 것 또한 아니었다.

그저 대련 중에 발생한 아주 일상적인 일이었다.

“이 녀석으론 운동이 안 되네요. 사형, 오랜만에 대련 한 판 어떠세요?”

“됐다. 일단 너에게 무슨 잘못을 했는지부터 생각해 봐야겠다.”

“…….”

다음에 두고 보죠. 목경형 사형!

"어~ 시원하다."

"그러게 말입니다. 찬 사제가 이렇게 기특한 생각을 할지 몰랐습니다."

"성격은 더러워도 사부님과 사조님을 생각하는 게 기특하긴 하지."

날씨가 너무 더워 도장에 에어컨을 설치했다.

사부는 쓸데없는 짓이라고 했지만 사조님과 사형, 기절해 있는 사제는 좋아했다.

"아아아~~~~~~~"

특히 사조님이 좋아하셨는데 빙공이라도 익힐 생각인지 에어컨 앞에 붙어서 떨어질 줄을 모른다.

"사조님, 감기 걸리겠어요."

"형아는 저리가! 여기는 내 자리야!"

아예 껴안고 다른 사람의 접근을 차단하는 사조, 괜한 짓을 한 게 아닌가 싶다.

희망 온도를 높이는 방법도 써봤지만 그러면 우리가 쓸 에어컨 앞에 붙어 있으니 그마저도 쉽지 않았다.

쿠쿵!

갑자기 주변의 공기가 바뀌었다.

누군가가 기운을 푼 것이다.

그 기운을 느낀 사람은 나를 제외하곤 사조와 사부밖에 없었다.

항상 앉아만 계시던 사부가 처음으로 일어났고, 사조는 에어컨에서 떨어져 입구 쪽을 바라본다.

"여~ 친구, 안녕."

"안녕."

"요란스럽게 들어오는군요. 누나, 어서 와요."

장지민과 제갈화령이었다.

"헐~ 화령 누나 인사만 받고 내 인사는 무시하는 거야?"

"아름다운 레이디가 우선이거든."

"항항항항! 이제야 날 남자로 보는 거야? 가만……. 이거 은근히 기분 나쁘네."

"시끄럽고. 이분이 제 사부이신 장성문 노사님. 이분이 제 사조 되시는 장휘 노사님이십니다."

"처음 뵙겠습니다. 제갈화령입니다."

"허허허! 공부가 이토록 뛰어난 이를 보게 되다니 반갑구려."

"언니야, 예쁘다……."

사람 좋은 할아버지 표정으로 인사를 받는 사부와는 달리 제갈화령을 보고 침을 흘리는 사조.

난 제갈화령에게 낮게 속삭였다.

"참고로 병을 앓고 계시니 이해해 주세요."

"안녕하세요, 장지민입니다."

"허허허! 훤칠하게 잘 생겼구려."

"누구냐, 넌!"

사람 좋은 사기꾼 표정으로 거짓말을 하는 사부와 한눈에 장지민의 정체를 알아내는 사조다.

"으득! 부전자전이라더니 사전제전이다."

장지민은 귓속말을 하며 이를 부드득 간다.

"한데 무슨 일로 오셨는가?"

"노사님의 제자와 대련을 약속했기에 왔습니다."

제갈화령이 정중하게 포권을 취하며 말했고, 사부는 잘 알겠다는 듯 고개를 끄덕였다.

"나에게도 많은 공부가 되겠구려."

"겸양의 말씀입니다."

무대는 금세 마련되었다.

다들 에어컨이 있는 방에서 투명문—에어컨과 함께 설치한—을 통해 구경을 하기로 하고 우리 둘은 땡볕에 섰다.

"기대돼."

"음, 난 실망시킬까 무섭군요. 그런데 그 복장으로 괜찮겠어요?"

운동화에 반바지, 움직이기 편한 반팔 티를 입고, 긴 머리를 땋아 말꼬리처럼 늘어뜨린 제갈화령은 발랄함 그 자체였다.

긴 팔과 긴 다리 때문인지 대련하러 온 사람이 아닌 모델처럼 보인다.

"갈아입게 만들어 봐."

"도발적인 말이네요."

"호호호! 그렇게 느껴지기는 하고?"

"충분히."

"입만큼만 실력이 되면 좋겠어."

묘한 표정을 짓는 제갈화령.

난 씨익 웃으며 답했다.

"바람만큼 되도록 노력해 볼게요."

"그럼 형부터 시작해 볼까?"

"그러죠."

말이 끝남과 동시에 하얀 손이 목을 향해 다가온다.

광택이 날 만큼 매끈하고 고운 손이다. 그러나 단번에 목을 꿰뚫을 만큼이나 빠르고 강한, 독을 지닌 손이었다.

비스듬히 팔을 올려 막으며 한쪽으로 튕기며 왼손으로 어깨를 찍어간다.

하지만 튕겼다고 생각되던 그녀의 오른손이 빙글 돌며 내 오른손을 치고 왼손을 막는다.

길고 뽀얀 다리가 다리 사이로 들어오며 무릎으로 내 무릎을 눌러 중심을 무너뜨렸고, 곧바로 왼손이 명치를 찍어온다.

하지만 내 무릎은 무너진 게 아니라 그 방향으로 움직인 것이다. 그리고 그 힘을 이용해 몸을 좌로 돌려 왼손 공격을 피

했다.

그러나 공격할 시간은 없었다.

제갈화령의 공격이 이어진다.

타닥! 타닥! 타닥! 타닥!

순식간에 십여 초가 펼쳐졌고, 나는 막기에 급급했다.

'보이지 않아!'

소주천을 이룬 후 몇 수 앞을 내다볼 수 있는 능력이 생겼다고 생각했다.

그러나 그건 고수로서 하수를 볼 때뿐이라는 걸 깨달았다.

문득 제갈화령은 내가 펼칠 다음 수를 알고 있지 않을까라는 의문이 들었다.

몸이 무너지는 걸 각오하고 좌측에서 우측으로 긁어가던 손의 방향을 아래로 내렸다. 그리고 그 힘을 이용하여 몸을 삼백육십 도 회전하며 발로 발목을 노렸다.

임기응변에 불과한 어설픈 공격이었다.

쭉 뻗은 다리가 도끼처럼 하늘로 쳐들어진다. 그리고 올라간 속도보다 몇 배는 빠른 속도로 찍어온다.

'찍히면 죽는다!'

쇄골에서 느껴지는 섬뜩한 기운에 바닥을 집고 있던 손에 힘을 줘 어깨를 비틀었고 그 힘이 허리로, 다리로 이어졌다.

빙그르르! 파악!

비보이의 손 회전 기술처럼 펼쳐진 임기응변 덕분에 아슬

아슬하게 피했다.

"임기응변은 쓸 만하네."

"반바지 안이 이중으로 되어 있다니 안타깝네요."

밴드로 된 밑단이 바지 안으로 들어간 형태라 속옷이 보일 염려가 없는 반바지였다.

이런 농담을 하면서도 내 머리는 쉴 새 없이 돌아가고 있었다.

이번 공격으로 확실해진 건 내 공격을 미리 예측하고 있다는 것이다.

발목을 돌려 차는 임기응변마저 제갈화령은 알고 있다는 듯 자연스럽게 피하며 다음 공격을 했다.

그녀와 나의 차이는 뭘까?

잠깐의 틈을 이용해 방금 전 펼쳐졌던 수십 합을 되새김질하듯 살펴본다.

"정정할게. 임기응변뿐 아니라 눈도 좋네."

'젠장! 급하긴.'

다시 시작되는 공방.

살과 살이, 뼈와 뼈가 부딪힌다.

아프다. 비슷한 실력에 속도까지 빠르니 아무리 자세와 발경으로 흘리려고 해도 부딪치게 마련.

분명 제갈화령도 아플 것이다.

아니, 아무리 통뼈라고 해도 남자인 나보다는 더 아플 것이다.

그럼에도 묵묵히 공격하는 걸 보니 이런 대련에 꽤나 경험이 많은 듯 보였다.

제갈화령의 발재간에 무게중심이 앞으로 쏠리는 순간 그녀의 장이 어깨를 향해 다가왔다.

자세가 무너진 상태에서 걷어내기는 힘들어 그녀의 팔목을 잡으며 뒤로 빠지려 했다.

'허수(虛手)!'

너무나 손쉽게 딸려오는 순간 잘못된 것을 느낄 수 있었다.

그땐 이미 제갈화령의 어깨가 가슴까지 다가온 상태.

피할 수가 없었다.

"컥!"

물러나는 힘을 이용해 최대한 몸을 날려 충격을 최소화하려 했지만 팔목을 잡았던 손이 오히려 잡혀 있었다.

숨을 쉬기가 힘들 정도로 강한 몸통 박치기.

가녀린 몸매라 생각했는데 바위만큼 단단했다.

뒤로 몸을 날린다고 했지만 날아간 거리는 고작 1미터.

충격이 그대로 내 몸에 전해졌다는 소리였다.

뒤돌기를 한 후로 똑바로 서려고 했지만 생각과는 달리 꾸부정한 자세가 된다.

"쿨럭! 강하시네요."

"그만둘 생각은 아니겠지?"

"으응차~ 그럴 리가요."

온몸의 뼈가 충격을 받았는지 어깨를 펴는데 절로 신음 소리가 난다.

그녀와의 대련 과정을 처음부터 끝까지 리플레이 해본다. 뭔가 잡힐 듯하다.

좀 더 시간을 끌어야 한다.

"이렇게 좋은 경험을 언제 하겠어요. 그만둔다고 해도 내가 졸라야 할 상황인데요."

"훗! 꽤나 호기롭네."

"그러시면 천천히 해주시던가요."

"무인에게 그런 무례를 범할 순 없지."

"난 회사원이에요."

"이제 정신을 차렸나 보군. 다시 시작하지."

부드럽게 다가와 허리를 향해 날카로운 찌르기를 날리는 동작을 보는 순간 머릿속에서 '아!' 하는 감탄사와 함께 떠오르는 것이 있었다.

벌써 세 번째 보는 초식.

제일 처음 목을 찔렀던 초식이고, 두 번째 어깨의 견정혈을 찔러오던 초식이다.

세 번 다 다른 곳을 공격했고, 펼칠 때 전체적인 동작도 달랐지만 한 가지만은 일치했다.

가장 최단 거리라는 것.

물론, 최단 거리 공격이 근육의 움직임을 느끼기도 전에 도달한다는 장점이 있긴 하지만 의외로 단점도 있었다. 예측 가능하다는 것.

하지만 그녀의 최단 거리 공격은 한 가지를 더 가지고 있었다. 바로 어떤 초식으로도 그것이 가능하다는 점이다.

쉽게 말해 나를 향해 최단 거리로 이십사 초식 중 어느 것이나 날릴 수 있다는 얘기다.

즉, 예측이 힘든 것이다.

맞붙었을 때 내 가슴을 향해 찌르기가 들어 올 수도 있고 팔꿈치가 회전해서 들어 올 수도 있으며 어깨로 몸통 박치기가 들어 올 수도 있으니 하수에게 보였었던 그림이 보일 리 없다.

제갈화령은 형에 대해선 나보다 한 수 위였다.

그런데 정말 예측이 힘들까.

난 새로운 의문을 던졌다.

이번엔 금방 답이 나왔다.

가능하다.

이십사 초식의 공격 방향 전체를 그리면 된다.

단지 한 수 앞을 더 보려면 제갈화령의 이십사 초식마다 대응 초식을 생각하고 다시 나의 대응 초식에 움직일 이십사 초식을 생각해 내야 한다는 것이 문제라면 문제였다.

내 생각이 맞는지는 두고 볼 일.

또 하나의 생각이 떠오른다.

연환권으로도 제갈화령처럼 가능할까.

그야 실험해 보면 된다.

제갈화령의 공격을 피하며 공격하고자 하는 어깨를 향해 전반 십육 초인 제호파심을 펼친다.

계산을 시작한다.

그녀가 제호파심에 대응할 방법 스물네 가지, 내가 또다시 대응할 스물네 가지. 물론 제갈화령처럼 최단 거리로.

타타타닥! 타타타닥! 타타타닥!

'된다! 연환권도 제갈화령처럼 사용할 수 있다.'

생각대로 된다는 것과 조금 더 발전했다는 생각에 기뻤다.

제갈화령은 꽤나 놀란 눈치다.

그러나 그녀의 얼굴은 여전히 웃고 있었다.

공방이 아까보다 훨씬 빨라졌고 오래 간다.

하지만 속도가 빨라질수록 머릿속 계산도 빨라지다 보니 다른 것을 생각할 여유 따윈 없었다.

퍼억!

머릿속에서 한참 계산 중이던 것들은 사라졌고 눈앞에 번쩍하고 번개가 친다.

그녀의 장에 턱을 맞은 것이다.

찌릿한 느낌이 없었다면 정통으로 맞아 바로 기절했을 것이다.

반 발자국 물러나며 정신을 차리고 제갈화령의 공격에 대비해 자세를 취했다.

그러나 이어지는 공격은 없었다.

"이제 슬슬 재미있어지네."

"저 역시."

"힌트를 좀 줄까?"

"맞으면서 배워야 내 것이 되겠죠."

"맞기만 할 수도 있어."

"그럴 수도 있겠죠. 그러나 생각은 변함이 없어요."

"그렇다면 어쩔 수 없지. 맞다 보면 생각이 바뀔 거야."

"즐거워 보이는군요."

"솔직히 그래. 마음에 들어."

"난 메조히스트는 아니랍니다."

"풉! 나도 사디스트는 아냐."

재미있는 여자다. 지금까지 만나보지 못한.

그렇다고 성적인 욕구가 생기는 건… 맞다. 성격은 독특하지만 몸매는 가장 이상적이니까.

"생각할 시간 줘서 고마워요."

"가치가 있는 사람에게만 주지. 그리고 이건 대련이잖아, 안 그래?"

"그러네요, 시작하죠."

이번엔 충분히 생각했다.

조금 전에 세웠던 가설 중 맞는 것을 제외하고 다시 생각을 해서 또 다른 가설을 세웠다.

그중 가장 중요한 것이 한 수 더 내다본다는 것이 그리 어려운 것만은 아니라는 것이다.

이 가설을 지금 실험할 생각이다.

'십팔 초식 중 하나.'

횡 이동을 하며 턱을 향해 밤주먹을 날린다.

그녀의 왼팔이 뱀처럼 팔을 타고 올랐고 팔꿈치가 명치를 향해 온다.

'십사 초식 중 하나.'

팔을 회수하며 자세를 낮추고 오른 다리를 앞으로 내딛으며 장을 뻗는다.

공격할 곳을 잃은 그녀의 팔꿈치, 그러나 몸을 살짝 뒤틀며 팔을 펴 내 장과 마주쳐 온다.

'팔 초식 중 하나.'

장과 장이 부딪친다.

전사경을 이용한 내 공격은 완전히 팔을 뻗기 직전인 반면, 제갈화령은 뻗다가 중간에 멈춘 형태였기에 그녀의 몸이 뒤로 밀린다.

스펀지를 때린 듯한 기분.

예상보다 조금 덜 밀렸지만 상관없다.

'사 초식 중 하나.'

연환권을 제갈화령의 방식대로 공격하다 보니 어떤 자세에서든 십육 초식이 나오는 건 아니었다.

어떤 때는 십이 초식이 적절했고, 또 다른 때는 육 초식이 적절했다.

이는 상대방의 위치나 현재 취하고 있는 자세에서 사용할 수 있는 초식의 수가 달라진다는 것이다.

그 말인즉슨, 일 초식까지 줄일 수도 있다는 소리다.

어떤 공격을 할 건지 아는 상황에서 막고 반격을 하지 못한다면 제갈화령을 영원히 이길 수 없을 것이다.

'일 초식!'

공격할 길이 보인다!

소주천을 이룬 그때처럼!

드디어 한 방을 먹일 수 있다니 희열이 넘친다.

단지 공격하는 위치가 그녀의 가슴 근처라 조금 미안하긴 했지만 이기기 위한 공격일 뿐이다.

어린 시절 보았던 무협 소설에 보면 여자는 낭심을 걷어차도 되지만 남자는 가슴을 때리면 안 된다고 나왔던 것 같은데 그건 남녀평등의 시대에 어울리지 않는 말이다.

'회심의 일…?!'

회심의 일격을 날리려 했는데 갑자기 길이 사라져 버렸다. 제갈화령이 마지막 공격을 멈추고 물러선 것이다.

"왜…?"

희열만큼 허탈감이 밀려와 나도 모르게 어이없는 말을 내뱉는다.

"죽일 듯한 살기가 느껴지는데 굳이 맞붙을 필요가 있을까?"

맞다. 나라도 피했을 것이다.

"그리고 남자가 치사하게 이 부분을 치려고 하더란 말이지."

그러면서 자신의 가슴을 엄지로 가리키는 제갈화령.

"무인으로서 그런 생각을 했다면 수치죠."

"정말?"

"물론이죠."

"믿기 어려운데."

"제 이름을 걸고 맹세합니다."

가짜 이름 따위 얼마든지 걸 수 있다.

"무인이라기보단 한 마리 늑대처럼 느껴지는 공격이었는데?"

"욕구불만이 있으신가 보네요. 쌓이면 무인에게 방해만 되니 제때 풀어줘야 할 겁니다."

"호호호호호! 욕구불만이라……. 재미있는 말을 하네. 이제 몸이 풀렸을 텐데 온 힘을 다해볼까?"

"사양해야겠네요."

"갑자기 꼬리를 마는 이유가 뭐지?"

"암사자의 기운이 느껴져서요. 늑대 따위가 상대가 되겠어요?"

"충분해. 좋은 걸 가르쳐 줬는데 내빼면 내 기분이 어떻겠어? 그저 내공이 움직이는 선에서 다시 시작해 보자고!"

가르쳐 주긴 뭘 가르쳐 줬다는 거야!

슈욱!

입을 열어 소리칠 시간도 없이 제갈화령이 덮쳐 왔다.

좀 전과는 비교도 안 될 정도로 빠르고 강했다.

투앙! 투앙! 투앙!

부딪힐 때마다 뼈마디가 시큰거린다.

'빌어먹을!'

이 여자 어설프게 대할 수준이 아니다. 강했다. 제갈호보다 훨씬 강했다.

어쩔 수 없이 닫아뒀던 단전을 풀었다.

갇혀 있다 자유를 찾은 내공이 온몸을 돌며 기운을 전달해 준다.

"진즉에 그럴 것이지."

제갈화령이 활짝 웃는다.

이 여자 정말 웃음만큼은 디오네보다 매력적이다.

씨익!

웃음이 나왔다.

하지만 제갈화령의 최고 매력은 웃음이 아니었다.

몸을 떨리게 만드는 무술 실력이었다.

오싹오싹!

소름이 돋는다.

죽음을 건 싸움이 아닌 무술 대련에서 이런 느낌을 받게 될 줄은 정말 몰랐다.

온 정신이 온전히 제갈화령을 향한다.

* * *

쿠우웅! 팍! 퍽!

공기가 폭발하는 소리와 함께 바싹 붙어 있던 두 인영이 동시에 떨어져 나간다.

제갈화령에 비해 무찬은 몇 배나 더 되는 거리를 훌훌 날아 바닥에 나뒹굴었다.

'이런 실수를 하다니…….'

다른 사람이 볼 땐 무찬의 손해가 더 큰 것 같아 보이겠지만 비긴 대련이었다.

아니, 마지막에는 실수를 했으니 사실 진 것과 다름없었다.

둘의 대련이 싸움처럼 격해진 건 어쩌면 당연했다.

실력도 비슷했고, 둘 다 마음으로 싸움을 즐기니 자연히 격해질 수밖에.

그러다 둘이 동시에 서로의 빈틈을 찾아냈고 동시에 공격을 가했다.

이성을 찾은 것도 거의 동시였다. 한데 제갈화령은 자신의 몸을 보호하기 위해 내력을 집중시킨 반면, 무찬은 주먹에 담긴 힘을 줄이는 데 집중했다.

'괜찮을까?'

숨은 쉬고 있는데 움직임이 전혀 없다. 제갈화령은 무찬이 걱정되었다.

막 일어나 달려가려는 순간 움찔거리며 일어난다.

"질기네. 하악하악!"

몸이 괜찮은지 묻고 싶은데 엉뚱한 말이 나온다.

이상하게 오늘 계속 이랬다.

칭찬을 하고 싶은데 이죽거리고, 충고를 하고 싶은데 도발을 했다.

"헉헉! 쿨럭쿨럭! 꽉 조여 있어 불편해 보였는데 이제 좀 편하죠?"

'바로 저 태도와 말투 때문이야!'

고통스러울 텐데도 인상은커녕 계속 웃는 얼굴로 능글맞게 구는 무찬을 보며 제갈화령은 속으로 소리쳤다.

지금도 마찬가지.

내공을 이용한 공격을 흘리다 보면 옷을 스치는 경우가 있는데 질긴 도복류가 아니라면 금세 찢겨나간다.

제갈화령의 옷도 너덜거릴 정도로 찢겨져 나갔다.

그러다 보니 불편한 브라보다 편해서 감아둔 압박붕대를 보이게 되었다. 그런데 격렬한 싸움 덕분에 압박붕대마저 느슨해진 상태였다.

그걸 빤히 보며 능글맞게 말하고 있으니 제갈화령의 말이 고울 리가 없었다.

“왜, 이것마저 벗겨보게?”

제갈화령은 무술을 위해 여자임을 부정하고 남자처럼 살 생각은 추호도 없었다.

다만 어린 시절부터 무술을 배웠고, 대련 상대가 여자보다 남자인 경우가 월등히 많았기에 지금과 같은 일은 허다했다.

그래서 무덤덤하게 말할 수 있었다.

“싫은데요. 딱히 보고 싶을 만큼…….”

뒷말을 웅얼거려 듣지는 못했지만 어감상 말의 뜻은 알 수 있었다.

두둑!

머리에서 뭔가가 끊어지는 소리가 난다.

“이 자식아! 그건 너무 심하게 감아서……!”

버럭 소리를 치다보니 이성이 돌아왔고 말을 멈췄다.

화를 내봐야 자신만 손해라는 걸 깨달은 것이다.

“화령 누나!”

대련을 빙자한 싸움이 끝났음을 알았는지 실내에서 구경하고 있던 사람들이 하나둘 나왔고, 장지민은 걸칠 만한 윗옷을 들고 뛰어온다.

"괘, 괜찮아요?"

"응, 괜찮아."

장지민이 옷을 덮어주며 당장에라도 울 것 같은 표정으로 묻는다. 그리고 제갈화령의 몸을 살피다 무찬을 향해 버럭 소리를 지른다.

"야! 위준! 남자 놈이 어떻게 여자를 이렇게 만들어!"

"…헐! 친구라는 놈이 내 꼴은 보이지도 않냐?"

"넌 남자고, 누난 여자잖아."

"눈이 잘못 됐냐? 지금은 여성 상위 시대라고."

"무슨 헛소리야?"

"거기 암사자님께 물어봐. 콜록콜록! 콜록콜록!"

무찬은 심하게 기침을 하며 연환문의 사형제들에게 부축을 받아 방으로 들어간다.

제갈화령이 여전히 분한 듯 씩씩거리며 쫓아가려는 장지민의 팔을 잡고 고개를 흔들었다.

몇 번 무찬이 들어간 방과 제갈화령을 번갈아 보던 장지민이 무언가를 깨달았는지 풀이 죽어 묻는다.

"많이 다친 걸까요?"

"아마도……."

"클클클! 괜찮을 게다. 워낙 튼튼한 녀석이라 며칠이면 벌떡 일어날 게야."

치매에 걸렸다는 노인네였다. 사뭇 달라진 태도에 잠시 제 정신이 돌아왔다는 걸 알게 된 제갈화령이 일어나 정중히 인사했다.

"제갈화령이 노(老)선배님께 인사드립니다."

"그랴, 한데 제갈이라면 제갈무량과는 어떤 관계냐?"

"할아버지 되십니다. 그분을 아십니까?"

"그분은 무슨, 그놈이지. 이름값도 못하는 놈. 쯧쯧! 여우가 호랑이를 낳았어."

자신의 할아버지를 놈이라 불렀지만 얼굴의 주름을 보니 반감이 일어나지는 않았다.

"종종 놀러 오너라. 사손 놈이 놀아줄 게다. 그동안 심심해서 어떻게 참았을꼬."

이 말을 끝으로 마루에 있는 에어컨 앞에 달라붙어 떨어질 줄 모른다.

"저 할아버지는 또 무슨 말을 하는 거예요? 위준도 그렇고 할아버지도 그렇고 도통 이해할 수 없는 말만 해대니."

장지민이 투덜거렸지만 제갈화령은 모두 이해했다.

장휘의 말처럼 그녀는 그동안 너무 심심했었다.

8장

해프닝

돌아오는 차 안.

뒷자리에 앉은 제갈화령은 눈을 감고 오늘 있었던 일을 되짚어본다.

어느 정도 실력이 있어 보여 간만에 몸이나 풀어보자는 생각으로 박무찬을 찾아갔었다.

한데 그의 실력은 생각보다 훨씬 뛰어났다. 그러나 그렇다고 해도 자신보단 아래. 가르쳐 준다는 생각으로 대련을 시작했다.

하지만 몇 번 만나 가르치다 보면 깨달을 것이라는 예상마저도 완벽히 깨졌다.

마치 스펀지가 물을 빨아들이듯 네 번째 공방부터는 동등한 수준으로 싸우게 된 것이다.

물론 그녀는 그보다 높은 단계까지 알고 있었다. 그래서 다음 단계도 가르쳐 줄까 생각하는 순간 머릿속에서 경종이 울렸고 멈춰야 했다.

'나와 같은 인간인 건가?'

여전히 눈을 감은 채 속으로 중얼거린다.

천재. 하늘이 내린 인재.

제갈화령은 제갈무량에게 무공을 배우기 시작한 다섯 살 때부터 천재라는 말을 듣고 살았다.

한 번 본 무공을 그대로 따라할 수 있었고, 굳이 생각하지 않아도 초식의 사용법을 이해하는 수준이었다.

끊임없이 반복되는 수련의 과정이 없었다면 그녀는 이미 열 살 때 천외천 최고수가 되었을 것이다.

한 단계 한 단계 밟고 올라가는 무공의 세계는 그녀에게 커다란 즐거움이었다.

이후 가공할 이해력과 암기력, 그리고 지독한 노력이 합쳐지며 그녀는 불과 스무 살에 장로들의 수준에 이르게 되었다.

더 배울 것도, 가르쳐 줄 사람도 손에 꼽히는 상황.

앞으로 더 나아가기 위해 이번에는 대련을 하기 시작했고 마침내 스물세 살 때 천외천 최고수에 올랐다.

무공에 대해 지루함을 느끼고 심심하다는 생각을 하게 된 건 그때부터였다.

이름 난 고수를 찾아가 보면 형편없기 일쑤였고, 설령 강하다고 해도 자신의 상대는 되지 못했다.

스물네 살 때부턴 자신이 지금까지 배운 무공에 대해 파헤치고 앞으로 더 나아가기 위해 노력했다.

더뎠다. 그러나 그 더딤이 만족스러운 만큼 외로웠다.

오로지 홀로 연구하기 이 년, 그러다 우연히 친구가 구해준 영상을 보고 스물일곱 살 때 약간의 깨달음을 얻어 한 단계 더 나아갈 수 있었다.

영상의 주인공을 찾아가고 싶었다.

영상을 준 친구를 다그치고 회유를 해 그곳이 천외천의 더러움이 가득한 S급 섬이라는 것을 알게 되었다.

상관없었다. 그곳이 어디든 그녀는 갈 수 있는 권한을 가지고 있었으니까.

그러나 하늘은 그녀가 그곳에 가길 원치 않았다. 준비를 하던 중 뜻밖에 그 S급 섬에서 반란이 일어났고, 영상의 주인공이 사라져 버린 것이다.

제갈화령은 다시 친구에게 부탁해 그의 행방을 찾아달라고 부탁했다.

그러나 지금까지 지지부진이었다.

한데 무찬을 만나게 된 것이다.

형에 대한 대련에서도 놀랐지만 내공을 사용한 대련을 하면서는 경악을 해야 했다.

이기지 못할 상대는 아니었지만 그녀보다 뛰어난 점이 보인 것이다.

보법.

영상의 주인공처럼 부드럽고 예측 불가능한 움직임을 보는 순간 멈춰있던 그녀의 가슴이 다시 두근거리기 시작한 것이다.

다시 앞으로 나아갈 수 있음에 대한 기쁨이었다.

제갈화령은 무찬이 펼쳤던 보법을 몇 번이고 되뇌며 그 원리를 파악하고자 노력한다.

'집에 도착하자마자 해봐야겠어!'

어렴풋이 원리가 떠올랐다.

그녀는 새로운 무언가를 만드는 것에 대해선 범인에 가까웠지만 체득하는 부분에선 진정한 천재였다.

"도착했습니다, 아가씨."

"고생했어요."

아파트 단지와 고층 건물 사이에 위치한 고급 단독주택은 상하이에 머물기 위해 구입한 곳이었다.

안으로 들어가자 집사가 기다리고 있었다.

"오셨습니까, 아가씨."

"저녁은 천천히 먹을게요. 바로 수련장으로 가야겠어요."

"주작단주님이 기다리고 계십니다."

방금 전까지 좋았던 기분이 한풀 꺾이는 듯한 느낌에 인상이 구겨졌다.

"어디에 있죠?"

"이 층 거실에 계십니다."

"알겠어요."

당장 수련장으로 가고 싶었지만 친구인 그를 완전히 무시할 순 없었다.

"차를 준비하겠습니다."

"필요 없어요. 곧 갈 테니까요."

2층으로 올라갔지만 주작단주는 거실에 없었다. 제갈화령은 그럴 줄 알았다는 듯 자신의 방으로 들어갔다.

그러자 침대에 앉아 침대의 반동을 테스트(?)하는 황보유천이 보였다.

"웬일이야?"

"간만에 본 것치곤 너무 싸늘한 반응인데?"

"……."

"하하하! 여전하구나. 그냥 네 얼굴 보러 왔다면 당장 쫓겨나겠는걸."

"알면 용건을 말해."

"말해줄 것도 있고, 듣고 싶은 얘기도 있고. 여기서 얘기하는 편이 난 좋은데……. 거실로 나갈까?"

짜증이 올라오는 걸 참으며 거실 소파에 먼저 앉자 황보유천이 맞은편에 앉는다.

"어디 갔다 온 거야? 몰골이 엉망이네."

"……."

"젠장, 우리 사이에 정말 팍팍하네."

"우리 사이가 뭔데?"

제갈화령의 눈매가 가늘어졌다.

위험을 감지한 황보유천이 원래 생각해 뒀던 답을 지우고 평범한 답을 내놓았다.

"친구."

"맞아. 친구이기에 그나마 이 소파에 앉아 있을 수 있다는 걸 기억해. 더 이상 헛소리하면 조용히 이곳을 벗어나기 힘들 거야."

황보유천은 그녀가 진심으로 하는 얘기라는 걸 알 수 있었다.

'기분 나쁜 일이라도 있었나?'

그러나 절대적으로 그렇게 되지 않으리라는 확신을 가지고 있었다. 제갈화령에게 언제나 통하는 카드를 가지고 있었기 때문이다.

"그럼, 먼저 묻고 싶은 걸 물을게."

"그래."

"정말 남궁린과 결혼할 거야?"

제갈화령의 얼굴이 살짝 구겨졌다. 그러나 황보유천은 그 모습까지 아름답다고 생각했다.

"네가 상관할 바는 아닌 것 같은데."

"나에겐 정말 중요한 문제야."

황보유천이 자신을 좋아하고 있다는 건 제갈화령 또한 알고 있었다.

어린 시절부터 같이 자랐던 그에게 이번엔 확실히 말해줘야겠다고 생각했다.

"…하게 되겠지. 그래서 이곳으로 왔으니까."

"넌 하기 싫은데 어쩔 수 없다는 듯 말하는구나."

"할아버지의 명령이니까."

"천하의 백호단주가 이장로님의 명이라고 마음에도 없는 사람과 결혼한다고? 세상이 비웃겠다."

"철없이 굴지 마. 정 내가 남궁린과 결혼하는 게 싫다면 할아버지의 마음을 돌려."

"그게 불가능하니까 그렇지!"

황보유천은 소파에서 일어나며 버럭 소리를 지른다.

그러나 씩씩거리는 황보유천을 보는 제갈화령의 눈엔 아무런 감정이 없었다.

"불가능하다고 생각하면 포기해."

"포기… 못 해……."

"더 이상 이 문제에 대해서는 듣고 싶지 않으니 용건만 말해."

"너 남궁린이 어떤 놈인지 알아?"

"듣고 싶지 않다고 분명히 말했어."

"얼나이가 내가 아는 것만 벌써 일곱이야. 걔네 회사에 있는 능려안이라는 비서 또한 놈의 얼나이지. 설령 너랑 결혼한다고 해도 계속 늘어날 거야. 잠깐 정리할 수도 있겠지. 하지만 그놈은……."

"황보유천!"

"……."

제갈화령이 내뿜는 엄청난 살기에 황보유천은 숨이 턱 막히는 걸 느껴야 했다.

그러나 황보유천은 지지 않겠다는 듯 살기에 대응했고, 코피가 터지는 걸 보고서야 그녀는 멈췄다.

얘기가 길어지는 건 싫었지만 그렇다고 삼장로의 하나뿐인 손자를 죽일 순 없었다.

"휴~ 알고 있어. 지난번 상하이에 왔을 때 현장까지 목격했으니까."

"그, 그걸 보고도 결혼하겠다는 소리가 나와?"

"싫다고 할아버지에게 얘기했어. 그랬더니 그러시더라. 세상 남자는 다 똑같다고. 너도 아니라고 말하지 마. 할아버지가 예를 든 게 너니까."

그에 대해 할 말은 없었지만 절대로 제갈화령을 포기할 수 없는 황보유천이 다른 말을 꺼냈다.

"너와 나 사이를 남궁린에게 말하겠어."

제갈화령은 눈앞의 황보유천이 찌질해 보였다. 그리고 친구라고 부를 가치조차 없는 놈임을 알게 되었다.

영상의 주인공 위치를 가르쳐 달라는 얘기에 황보유천은 그녀의 몸을 요구했었다.

무공에 미쳐 있던 시기라 처녀지신이었지만 대수롭지 않게 생각해 같이 잤다.

그리고 그를 찾아달라고 부탁했을 때 다시 한 번 몸을 요구했고, 들어주었다.

시간이 지나 그 일에 대해 후회가 되긴 했지만 이미 지난 일에 연연할 그녀는 아니었다.

한데 황보유천은 그 얘기를 남궁린에게 알리겠다고 협박을 하는 것이었다.

"해."

"하, 하라고?"

"어떤 일이 일어날지 보고 싶어. 아마 남궁린은 지랄을 할 테지. 그런데 결혼은 절대 깨지지 않을 거야. 그래도 한동안 소란스러울 테니 결혼이 미뤄질 수는 있겠다."

"난 그 정도만이라도 충분해!"

"꼭 해. 녀석의 구겨진 얼굴이 보고 싶으니까. 내가 처녀임을 기대하고 있었을 텐데 불쌍하게도 말이지. 하지만 내가 처녀라고 해도 아무 남자와 잠을 자서라도 놈에겐 처녀성을 주지 않았을 거야."

황보유천은 제갈화령이 무공에 미쳐 있던 과거의 숙녀가 아니라 현실에 닳고 닳은 요녀가 되었음을 인정해야 했다.

그렇게 만든 것에 자신도 일조했다는 건 전혀 모르는 그였다.

"말해주려는 얘기는 뭐야?"

"영상의 주인공인 클로버의 위치를 알아냈어."

"어디야?"

제갈화령이 엄청 기뻐할 것이라 생각했다. 그러나 예상과 달리 너무나 평범한 반응이다.

'이, 이러면 안 되는데…….'

그는 이곳에 오면서 제갈화령의 결혼을 방해하고 그녀를 자신의 사람으로 만들기 위한 준비를 해왔다.

클로버의 행방을 알려주는 대가로 잠자리를 요구하고 몰래카메라로 동영상을 찍어 그녀를 협박하고 남궁린에게 보여줘 포기하게 만들 생각이었다.

"그냥 말해줄 수 없는데……."

"잠을 자고 싶다는 얘기야?"

"응."

대답을 하며 제갈화령의 얼굴을 바라보았다. 화난 기색은 아니었기에 됐다 싶었다.

하지만 시간이 흘러가도 허락하다는 말은 나오지 않았다. 그저 무심한 눈빛으로 그를 볼 뿐이었다.

황보유천은 곧 일이 잘못되었음을 깨달았다.

그리고 담담하고 무심한 눈빛이 화를 내고 살기를 발하는 눈보다 더 무섭다는 걸 알게 되었다.

"화, 화령아……."

"두 번 다시 그따위로 내 이름 부르지 마세요. 주작단주."

"화령… 컥!"

제갈화령은 번개처럼 다가가 혈도를 찍고 황보유천의 목을 잡아 공중으로 들어 올렸다.

"백호단주입니다, 주작단주."

"컥컥!"

혈도가 찍혀 축 늘어진 몸으로 그가 할 수 있는 일은 그저 숨을 쉬기 위해 컥컥대는 것밖에 없었다.

"방금 전, 우리 둘의 친구 관계는 끝났어요. 함부로 집에 들어오지도 말고, 또 함부로 내 방에 카메라 따위를 설치하면 그땐 죽어요. 알겠어요, 주작단주?"

깜빡깜빡!

눈을 쉴 새 없이 깜빡거리는 걸로 대답을 대신한다.

"커어어어억!"

황보유천은 소파로 떨어지며 숨을 크게 몰아쉬었다.

제갈화령의 손을 놓는 순간 혈도도 풀려 있었다.

"더 이상 할 얘기 없으면 가봐요. 주작단주."

"…네네."

"카메라 챙겨가는 거 잊지 마요. 정보 단체의 수장 정도 되는 인물이 일정 수준 이상의 고수들에겐 카메라가 소용없다는 거 정도는 알고 계시고요."

감시 카메라를 챙겨 도망치듯 사라지는 황보유천을 바라보는 그녀의 눈은 차갑기 그지없었다.

그리고 혼잣말처럼 중얼거린다.

"클로버가 한국으로 향하고 있다는 건 나도 알고 있어요, 주작단주."

무공에 미쳐 있을 땐 다른 것에 관심이 없었지만 무공이 제자리걸음을 하자 주변 상황에 대해 이해하기 시작했다.

지금은 그 좋은 머리가 천외천의 권력을 향해 있었다.

자신의 자유를 위해.

황보유천은 도망치듯 제갈화령의 집을 빠져나왔다.

그리고 그녀가 있을 2층의 창문을 보며 외쳤다.

"넌 내 꺼야! 절대 내 손에서 벗어날 수 없어!"

사랑보다는 집착인 줄 알고 있었다.

그리고 그녀를 잡아야 천외천을 손에 넣을 수 있다는 것 또한 그 집착을 버리지 못하게 만들었다.

"사 호."

"네!"

온통 검은색으로 된 사내가 황보유천의 부름에 어둠에서

나타난다.

주작단주를 보호하고 손발이 되는 팀으로 '주작비'라고 불리며 열 명으로 이루어져 있었다.

"화령의 주변을 감시해 일거수일투족을 보고하라."

"알겠습니다."

조심하라는 말 따위는 하지 않았다.

그들은 주작단에서도 가장 뛰어난 열 명이었으니까.

"클로버에 대해 말해줬는데도 반응조차 없는 걸 보면 분명 뭔가가 있어."

그는 창문을 보며 낮게 중얼거렸다.

* * *

—5시까지 갈 테니 준비해두게.

"얼마나 준비할까요?"

—판당 최소 백만 위안일세. 대략 열 게임 정도 베팅할 금액을 챙겨 오면 될 거야.

"알겠습니다."

진희룡의 재미있는 곳에 데려다준다는 약속은 차일피일 미뤄졌다가 거의 열흘 만에 이루어졌다.

차명으로 된 계좌는 이미 준비해 둔 상태.

5시가 될 때까지 기다리면 되는 것이다.

"오늘 가는 거야?"

"네."

"혹 헤븐이면 분노 조절 잘해야 할 거야. 난 참기 힘들었거든."

디오네는 헤븐에 갔을 때의 경험을 얘기해준다.

"명심하죠. 그런데 이젠 디아도 슬슬 밖에 나다녀도 되지 않아요?"

"내공을 단전에 갈무리하는 게 힘들긴 하지만 서너 시간 정도는 괜찮을 것 같아. 그래서 제시가 저녁에 오면 같이 쇼핑하러 갈 생각이야."

제시카는 투자 상담 때문에 외출 중이었다.

일 년 넘게 밖에 나가지 못했던 디오네는 외출할 수 있다는 것에 기쁜 듯이 말한다.

그러나 그 모습을 보는 난 안쓰러웠다.

꾸준히 치료를 하고 있지만 이제야 서너 시간 외출할 수 있는 수준이었다. 문제는 현재의 치료로도 더 나아질 기미가 보이지 않는다는 것이다.

아직까지 모르고 있지만 조만간 디오네도 알게 될 텐데 실망하지 않을까 걱정이다.

"착실히 수련하고 있으니까 조금만 기다려요. 꼭 낫게 해줄게요."

"호호! 지금으로도 만족이야. 그러니 무리는 하지 마. 지난번에도 말했지만 죽다 살아나서 그런지 순간순간이 행복해."

달관한 사람처럼 말하는 디오네. 그 모습이 나빠 보이지는 않는다.

"더 행복할 수 있을 거예요."

"글쎄, 낫는다고 과연 더 행복할까?"

"무슨 말이에요?"

"지금도 충분히 행복하다는 말이야."

습관이란 무서운 것이다.

항상 뭔가를 유추하고 생각하는 버릇이 생겨서인지 디오네의 말투, 말의 빠르기, 눈빛, 동작들을 분석해 그녀가 하는 말의 뜻을 찾아낼 수 있었다.

언젠가 한번은 해야 할 얘기였고 마침 기회가 좋았기에 입을 열었다.

"디오네, 천외천 일 끝나면 우리 같이 살까요?"

"훗! 프러포즈니?"

"지금은 약속이라고 해두죠. 프러포즈는 끝나고 거창하게 할게요."

진심이었다. 가슴이 아프도록 사랑하진 않지만 목숨을 걸 만큼 좋아하긴 했다.

디오네는 빙긋이 웃으며 말했다.

"고맙지만 거절할게."

"……."

"난 널 무척이나 사랑해, 찬. 너랑 키스하고 사랑을 나누는 것도 좋아. 그런데 그런 마음 한편으론 네가 행복해졌으면 좋겠어. 널 가지고 싶다는 마음보다 오히려 그 마음이 더 커. 이해하겠니?"

"아뇨."

헷갈리는 말이다.

물론, 내가 가진 그녀에 대한 감정도 명확하진 않았다.

"음, 쉽게 말하면 여자의 마음보다 엄마의 마음이 더 크다고 할까. 예를 들어볼게. 난 본래 한국으로 갈 때 제시와 네가 잘 되길 바라는 마음이 있었어. 두 사람 다 내가 사랑하는 사람이니 잘 어울리겠다 싶었지. 그런데 넌 해윤이와 사귀고 있었고 그때부터 너와 해윤이가 잘돼길 바랬어."

"여전히 헷갈리네요."

"무조건적인 엄마의 마음은 아냐. 말했잖아, 여자의 마음도 있다고."

"한 가지만 제외하곤 이해 불가능이네요."

"이해한 한 가지는 뭔데?"

"거절당했다는 거요."

"호호호호! 싫어서가 아니라는 것도 이해해줘."

"알아요, 디아. 머리로는 이해가 되지 않는데 가슴으로는 알 것 같아요. 디아의 말 따뜻하고 행복해요."

엄마가 살아계셨으면 디오네와 비슷하셨을 테지…….

"그렇다고 엄마라 부르지는 마. 연인이고 싶은 마음도 있으니까."

"하하하! 알았어요, 엄.마!"

"이게!"

꿀밤을 때리려는 디오네의 손을 잡고 그녀를 꽉 껴안았다. 그렇게 한참을 그녀의 따뜻함을 느낀다.

정확히 5시가 되자 회사 앞에 그의 리무진이 나타났고 난 차에 올랐다.

"이제부터 내가 하는 말 잘 듣게."

"네."

"오늘 보고 듣는 것은 자네만 알고 있어야 하네. 주위에 얘기를 하면 곤란한 상황에 이를 수 있네."

"그러죠."

"혹시나 보다가 역겨워 견딜 수가 없으면 말하게. 그 즉시 밖으로 나올 테니."

"그 정돕니까?"

난 모르는 척 물었다.

"…자네는 누군가가 죽는 걸 본 적이 있나?"

"미국에 있을 때 근처에 총격전이 있어 한두 번 봤습니다만."

"어땠나?"

"머리에 총을 맞은 시체를 봤을 때 며칠 동안 밥도 제대로 못 먹고 정신과 치료를 받아야 했죠."

"혹 피나 죽음에 대한 트라우마가 있나?"

"오히려 그런 모습을 더 보고 싶어 하는 트라우마가 생겼죠. 그래서 피 튀기는 격투기를 좋아하게 된 겁니다."

가는 곳이 헤븐임을 염두에 두고 말을 하는 것이니 그곳에 딱 맞는 인간이라 생각할 것이다.

"자네라면 좋아할지도 모르겠군. 하지만 너무 빠져 들지 말게나. 정신이 피폐해지기 쉬우니까 말일세."

뜻밖의 반응이다.

잘못 보지 않았다면 진희룡은 그곳에 가는 걸 싫어하는 듯 보였다.

'설마?'

그와 지냈던 시간을 곰곰이 생각해 본다.

취미를 물었고, 적당히 둘러댄다고 격투기라고 대답한 것이 시작이었다.

그는 격투기장을 소개시켜 줬지만 항상 심드렁한 표정이었는데 난 헤븐이라는 자극적인 것을 봐와서 약한(?) 격투기엔 무감각한 것이라고 판단을 했었다.

한데 진짜로 싫어한다면.

그럼 모든 것이 설명된다. 진희룡은 내가 좋아하니 마지못해 따라다닌 것이다.

두 개의 가설을 하나로 줄일 필요가 있었다.

"전 진 회장님이 격투기를 좋아하는 줄 알았습니다."

"좋아했었지."

"지금은 싫어하십니까?"

"허허허! 싫어하는 것도 아니지. 사업이 한참 궤도에 오를 때 우연히 격투기장을 찾았고 그곳에서 미친 듯이 고함을 치다보니 스트레스가 풀리더군. 그때부터 빠져 들었지. 처음엔 피가 무서웠는데 어느덧 점점 갈구하고 있는 내 자신을 발견했네."

"어떻게 끊으셨습니까?"

"타인의 죽음을 스트레스 해소의 도구로 본 죄를 지은 게지. 내 처가 교통사고로 죽었네. 하늘이 무너질 것 같았네. 병원에서 안사람의 주검을 보았지. 한데 말일세……."

진회룡은 얼굴을 창밖으로 돌리며 잠시 말을 멈춘다.

"내가 보았던 주검들과 다를 바가 없더란 말이지. 그들도 분명 누군가의 사랑을 받는 이였을 텐데 하는 생각이 드는 순간 스스로에 대한 역겨움에 구토가 나더군. 그 이후로 격투기를 끊었지."

슬픈 표정의 진회룡을 보고 불쌍하다는 생각 따윈 들지 않았다. 그렇다고 헤븐을 봤다는 이유만으로 죽일 생각도 없었다.

그는 그가 지은 죄의 벌을 스스로 감내하며 살아가고 있었다. 사는 것 자체가 그에겐 고통일 수도 있을 것이다.

"한데 이유를 모르겠군요."

"뭘 말인가?"

"회장님은 격투기를 보는 것만으로도 고통이셨을 텐데 왜 격투기장을 소개해 주신 겁니까?"

"그건 말이지……."

"저에게 바라는 것이 있습니까?"

진희룡은 차에 비치된 위스키를 연거푸 마신 후에도 몇 번 망설이다 겨우 입을 뗀다.

"흠! …주책이라 생각 말게. 휴우~ 사실 난 자네 회사의 조안나 양에게 반했네."

주책이잖아!

"처음 봤을 때 심장이 멈추는 줄 알았네."

그때 심장이 멈춰 줬으면 내 심력을 소모할 필요도 없잖아!

"몇 번 보고 고백을 해볼 생각이네. 그런데 어느 날부터 갑자기 사교 모임에 나오지 않더군. 그때부터 그녀의 행방을 찾고자 사람도 풀어봤지만 도통 알 수가 없었네. 도로시 양에게도 은근슬쩍 몇 번 물어봤는데 외국으로 갔다는 소리만 하더군. 한데 자네는 그녀가 잘 있다고 말하지 않았나?"

하아~ 기운이 빠진다.

나에게 잘해주는 이유가 있을 것이라 생각하긴 했지만 이런 이유에서라니.

"그 말씀은 저에게 조안나를 소개시켜 달라는 얘긴가요?"

"그래 주겠나?"

초롱초롱한 눈빛이 부담스럽다.

당연히 거절하려고 했다. 그런데 아까 회사에서 디오네와의 얘기가 떠올랐고, 그녀도 남자를 만나보는 게 좋지 않을까 생각해본다.

"물어는 보겠습니다."

"고맙네."

손은 놓고 말해, 이 인간아!

"그저 한 번 만나자고만 전해주게. 부담을 줄 생각은 추호도 없으니까 말이네."

"그러죠."

"고맙네, 고마워."

손 놓으라고, 이 인간아!!

일단 의심을 하고 보는 성격 때문에 벌어진 해프닝이었다.

어쨌든 헤븐에 대해서 알게 되었으니 손해는 아니지만 허탈한 기분이 드는 건 어쩔 수 없었다.

차는 빠르게 상하이를 벗어나고 있었다.

9장

헤븐

상하이에서 남경으로 가는 도중 사유지인 도로를 따라 숲 속으로 들어가면 나오는 커다란 별장이 오늘의 목적지였다.

별장에선 가면무도회가 벌어지고 있었다.

난 진희룡과 가면을 쓰고 파티에 합류한다.

"붉은 배지를 목 칼라에 단 종업원에게 비문을 말하면 된다네."

"보이지 않는군요."

주변을 쭉 훑어보았지만 종업원 중 배지를 단 사람은 없었다.

"기다리면 찾아올 거야. 그동안은 파티를 즐기도록 하지."

"그러죠."

지금까지 참석했던 파티와 비슷했다. 다만 소수 계층만을 위한 파티가 아니라 부자라 불리는 이들이 참석하는 곳이라 그런지 사람들이 꽤나 많았다.

그러다 보니 자연 술 취한 사람들이 소란을 일으켜 시끄럽기도 했는데 경호원으로 보이는 이들이 금방 처리해 파티를 즐기기에는 무리가 없었다.

"부부 동반이 많군요."

정장 차림의 남자와 드레스 차림의 여자가 팔짱을 끼고 있는 모습이 많아 물어본 거였다.

"허허, 부부는 별로 없을 거야. 얼나이이거나 대부분 애인이지. 그것도 아니라면 이곳에서 눈이 맞은 사람들이겠지."

"말씀을 듣고 보니 그렇게도 보이는군요."

"저기 보게."

붉은 배지를 단 종업원이 나타났나 싶어 진희룡이 가리키는 곳을 봤다.

등이 완전히 패인 은빛 드레스를 입은 여자가 홀로 술을 마시고 있었다.

"저 아줌마 말입니까?"

"아줌마인지 어떻게 아나?"

"꽤나 잘 가꾼 몸이라 어려 보이긴 하지만 목의 주름으로 봐선 대충 삼십 대 후반 정도로 보이는군요."

"눈도 좋군. 어쨌든 저 여자처럼 혼자 있는 여성은 대부분 홀로 온 사람들인데 말만 잘하면 별장 안의 방에서 욕정을 풀 수도 있다네."

"굳이 그럴 필요 있나요? 원한다면 상하이에서도 얼마든지 안을 수 있는데요."

"콜걸들과는 다른 느낌이잖나. 낯선 곳에서의 하룻밤. 더 자극적이지 않나?"

"글쎄요."

"자네는 놀다 오게. 시작 시간까지는 아직이니까."

디오네를 만나게 해준다니 쓸데없는 말까지 정보인 양 말해주는 진희룡이다.

"전 술이나 마시겠습니다. 회장님이나 제 눈치 보지 마시고 다녀오시죠."

"허허. 내 것(?)은 처가 죽은 날부터 기능을 멈췄다네. 그런 표정 짓지 말게. 섹스는 즐거움의 한 부분일 뿐이야. 단지 옆에 함께 있는 것만으로도 충분히 즐겁고 행복할 수 있다네."

누가 영감 아니랄까 봐 영감 같은 소리는.

나는 아직 혈기 왕성해서인지 솔직히 잘 모르겠다.

"혼자 왔나요?"

아까 품평(?)을 했던 그 아줌마다. 술을 마시며 둘러보고 있는데 말을 걸어 왔다.

"일행이 있어요."

진희룡을 흘깃 보고 말했는데 같은 남자임을 보곤 상관없다는 듯 말을 한다.

"술이나 같이 한잔할까요?"

저택을 보며 말하는 것이 즐기자는 뜻이리라.

"좀 전에 갔다 왔어요."

"한 번으로 만족할 것 같아 보이지 않는데요?"

아래위로 훑어보지 마!

"두 번째였죠."

"후후! 세 번째가 생각나면 날 찾아요."

질긴 아줌마다.

은은한 향수 냄새를 풍기며 다른 사냥감을 찾아가는 아줌마는 마치 하이에나처럼 보였다.

두 번 더 같은 방법으로 거절하고 나서야 배지를 단 종업원이 우리 쪽으로 왔다.

"파티는 즐거우십니까?"

"더 즐거운 파티가 있다던데……."

"전 잘 모르겠습니다. 혹 어디서 그런 파티가 열리는 지 아십니까?"

"헤븐."

"따라 오시지요."

비문을 말하자 종업원은 저택으로 안내를 했다.

눈이 맞은 남녀들은 2층으로 올라가는 반면 우리는 로비를 지나 계단 뒤쪽으로 갔다.

“전 여기까지입니다. 엘리베이터를 타시면 됩니다.”

“수고했네.”

진희룡이 건네는 팁을 받고 종업원은 다시 파티장으로 갔고 우리는 엘리베이터에 올랐다.

아무 버튼도 없는 엘리베이터.

“가면을 벗고 위에 달린 카메라를 보게.”

“네.”

카메라를 보고 있자 확인이 끝났는지 엘리베이터는 자동으로 아래로 내려간다.

띵!

도착했다는 소리와 함께 문이 열리자 한 나비넥타이를 맨 중년 사내가 웃는 얼굴로 서 있었다.

“어서 오십시오, 회장님. 그동안 격조했습니다.”

“그럴 일이 있었다네. 여기 이 친구가 격투기를 좋아해 구경시켜 줄 겸 데리고 왔어.”

“안내하겠습니다.”

좁은 복도는 십자형으로 되어 있었고 복도로 나 있는 문들은 족히 수십은 되어 보였다.

우린 그중 한 방으로 안내되어 들어갔다.

몸 전체가 들어갈 만큼 푹신해 보이는 소파가 가운데 놓여 있고, 소파 뒤로는 유리로 된 방에 침대가 놓여 있었다. 그리고 소파 전면으로는 큰 대형 모니터와 작은 모니터들이 다닥다닥 붙어 있었다.

"많이 바뀐 모양이군."

"회장님이 마지막으로 오셨을 때와 비교하면 그렇습니다. 설명드릴까요?"

"고맙군."

"일단 경기 방식이 완전히 바뀌었습니다. 할 때마다 조금씩 달라지니 정확히 알고 베팅을 하시는 게 좋을 겁니다. 오늘은 사십 명의 선수가 섬의 끝에서 시작해서 섬 중앙에 있는 무기를 획득해 스무 명이 남을 때까지 계속됩니다. 첫 번째 베팅 방식은 살아남는 두 명을 맞추는 가장 단순한 방법부터 다섯 명을 맞추는 방법까지 있습니다. 두 번째 베팅 방식은……."

간단하다고 했지만 설명은 꽤나 길게 이어졌다. 베팅 방식만 열 가지가 넘어 최대 999배까지 받을 수 있었다.

"…자세한 것은 소파 옆 테이블에 놓인 안내서를 보시면 될 겁니다. 따로 궁금한 점 있으십니까?"

"선수들에 대한 정보는?"

"아까 말씀드린 태블릿을 보면 정보 란에 준비되어 있습니다. 하지만 큰 도움은 안 되실 겁니다. 선수들 대부분이 처음 싸우는 사람들이 많아서요."

"화려하진 않겠군."

"대신 거칠다는 매력이 있습니다. 요즘 트렌드가 이렇다 보니 화려한 경기는 마지막에 한 게임 준비되어 있습니다."

"베팅은 어떻게 하지?"

"통장을 주시면 태블릿으로 금액만큼 골드를 지급해 드릴 겁니다."

"여전히 일 골드 당 백만 위안인가?"

"십만 위안으로 바뀌었습니다."

"새로운 사람들이 많이 오나보군."

"백만장자가 하루에도 수백 명씩 늘어나고 있으니까요."

"나쁘지 않은 생각이군. 수고했네."

"감사합니다. 필요하신 건 태블릿으로 선택하시면 바로 보내 드리겠습니다."

두툼한 팁과 통장을 받은 안내인이 나갔다.

난 습관처럼 안내인이 얘기하는 말들을 분석하다 꽤 충격을 받았다.

헤븐을 구경하는 사람들이 점점 많아지고 있다는 얘기는 헤븐 경기장이 늘어나고 있다는 것이고, 한 곳을 없애봐야 아무런 소용이 없다는 얘기였다.

천외천을 아래로부터 천천히 무너뜨리려던 계획은 그야말로 쓸데없는 계획이 되어버렸다.

띵동!

소파 옆에 있던 태블릿에 소리가 울렸다.

"돈이 들어왔나 보군. 확인해 보게."

내 태블릿을 확인하니 2000만 위안, 200금이 들어와 있었다.

한데 진희룡은 확인도 하지 않고 침대가 있는 유리방으로 들어가려 했다.

"회장님은 안 하실 겁니까?"

"아까 말했듯이 난 보자마자 토할 게 분명하네. 그러니 자네가 대신 걸어주게."

"다 잃을지도 모릅니다."

"허허허! 자네가 언제 돈을 딴 적이 있었던가. 거기 있는 건 이제부터 자네 돈일세. 따도 자네가 가지게."

"통이 크시네요."

그의 태블릿에 찍힌 금액은 1,000금, 1억 위안이었다.

"다 잃어도 지급보증만 하면 얼마든지 쓸 수 있으니 말하게. 이제부터 잘 테니. 한 경기 끝나면 베팅 시간에 좀 깨워주게. 이 안에 있는 것만으로도 괴롭군."

"그러죠."

방에 들어간 진희룡이 스위치를 누르자 유리방은 불투명하게 바뀌어 버린다.

난 소파에 앉아 태블릿을 본다.

화면은 아주 직관적으로 되어 있었는데 전면의 모니터의 배치와 동일하게 네모난 그림이 그려져 있었고, 그 아래로는 룸서비스, 직원 호출, 사용법, 경기 정보 등의 서브 메뉴가 있었다.

조작 방법에 대해 간단히 들었기에 네모난 그림을 손으로 터치하자 전면 모니터가 켜진다.

모든 모니터가 켜지고 서브 메뉴의 선수 정보를 클릭하자 전면의 대형 모니터에 사람들의 얼굴이 비춰진다.

'개자식들!'

증명사진처럼 단정히 찍힌 사진이 아니었다.

섬에 잡혀가서 두려움에 떨고, 슬퍼하고, 절망하는 마음이 고스란히 담긴 사진이었다.

몇 년 전까지 내가 짓고 있었던 표정을 짓고 있는 사람들을 보자 분노가 솟구친다.

디오네가 나에게 왜 분노하지 말라고 했는지, 왜 무모하게 미국에서 헤븐 경기장을 없애려 했는지 그 마음을 이해할 수 있었다.

대충 내 태블릿에서 20금과 진희룡의 태블릿에서 100금을 걸었고, 룸서비스를 눌러 술과 안주, 먹을거리를 잔뜩 시켰다.

마음을 다잡아 분노는 가라앉혔지만 경기가 시작되면 어떻게 될지 몰랐다.

분노는 참을 수 있겠지만 맨정신으로 내가 건 사람을 응원하는 연기는 할 수 없을 것 같아서였다.

이 방은 지금 카메라로 촬영이 되고 있었다.

룸서비스를 보면서 더 시킬 것이 없나 살펴보는데 기가 막힌 게 보였다.

여자.

설마 하는 마음에 잠시 보고 있자 방금 전까지 있던 사진이 사라지는 걸 봐서 누군가가 주문(?)을 했을 거란 생각이 들었다.

술과 음식이 도착했다.

"어디에 놓을까요?"

"테이블에 놓아줘."

바니걸 복장을 한 여자는 꽤 미인이었다.

음식을 테이블에 놓다보니 자연스럽게 바니걸의 하얀 가슴이 반쯤 보인다.

'그래, 망나니가 되어주마.'

방을 촬영하는 것이 내가 처음 와서인지 아님, 항상 해온 일인지 모르지만 나에 대해 방심하게 만들어야 했다.

하얀 가슴을 와락 움켜쥐었다.

내 행위에 움찔 놀랐지만 익숙한 일인지 바니걸은 웃으며 말을 했다.

"룸서비스 항목에 보시면 여자를 선택할 수 있어요."

"그런가?"

"네, 이만 위안이면 가능해요."

"너는?"

"네?"

"너는 얼마면 가능하냐고?"

"전 오늘 비번이에요. 여자의 그날이거든요. 그러니 다른 아가씨를……."

"내가 원하는 건 그날과는 상관없는 거야."

"……."

눈치를 챈 모양이다. 고민하는 눈빛이다.

중국 직장인들의 평균 연봉은 대략 5만 위안, 그녀가 다 가지는 것은 아니겠지만 꽤 큰돈일 것이다.

"하지만 일을 해야 해서 오래 있지 못해요."

"삼만 위안. 끝나면 바로 가도 좋아."

"할게요!"

"좋아."

테이블을 밀고 자리를 만들었다.

"…시작할게요."

바니걸은 일단 내 다리 위에 앉은 후 귓속말로 속삭인다. 그리고 키스를 하며 옷을 벗긴다.

프로의 손길.

나비넥타이가 풀리고 와이셔츠의 단추가 풀린다. 그리고 붉은 입술이 차츰 밑으로 내려가며 내 몸을 뜨겁게 달군다.

"아하~"

눈을 감고 소파에 눕듯이 기댄 채 바니걸의 가슴을 꽉 쥐고 있던 내 입에서 흥분에 겨워하는 소리가 터져 나온다.

방 안은 간간히 내는 신음 소리와 기묘한 마찰음만이 가득하다. 그렇게 얼마간의 시간이 지났다.

그리고 폭발.

충실하게 뒷마무리를 한 바니걸이 일어났다.

"만족하세요?"

"응."

난 그녀가 보는 앞에서 태블릿을 통해 3만 위안을 지불했다. 그리고 지갑을 꺼내 100위안짜리 지폐를 몇 장 건넸다.

"이건 음식 가져온 것에 대한 팁."

"고마워요."

바니걸은 웃는 얼굴로 나갔고 난 테이블을 원래대로 한 후 술을 마셨다.

시계를 확인하니 경기 시작 일 분 전이었다.

* * *

인간의 심장이 멈춘다는 건 죽음을 의미한다.

잠을 자다가 심장이 멈춘 것과 아파트에서 떨어져 심장이 멈춘 것은 똑같은 죽음이지만 그걸 보는 사람 입장에서는 완전히 다른 것이다.

만일 살인을 당하는 경우라면 어떨까.

가령, 영화에서 악당이 자동소총을 들고 지하철에서 총을 쏜다. 수많은 사람들이 죽지만 영화를 보는 사람들은 의외로 담담하다. 아니 오히려 총격 장면이 멋있다고 하는 사람도 있을 것이다.

그러나 악당이 도끼를 들고 숲 속에서 데이트를 즐기는 남녀를 무참하게 죽인다면 영화를 보는 사람은 비명을 지르며 공포를 느낄 것이다.

지금 전면을 가득 채우고 있는 것은 한 편의 공포 영화였다.

내가 살 것이라고 돈을 걸었던 사내는 뜀박질이 빠르지 않았다.

그리고 다행히도—그 사람 입장에선—톱을 무기로 얻게 되었다. 그는 영악한 사람이었다. 한 자리에 몸을 숨긴 채 시합이 끝나기를, 혹은 누군가가 자신의 앞으로 지나가길 기다렸다.

시합이 바로 끝났으면 좋았겠지만 끝나기 전에 사내가 있는 곳을 무기를 구하지 못해 나무 몽둥이를 구해 든 뚱뚱한 사람이 지나갔다.

영악한 사내는 기습을 통해 뚱뚱한 사내의 아킬레스건에 톱을 박고 긁어 끊었다.

뚱뚱한 사람은 발악하며 몽둥이를 휘둘렀지만 톱을 든 사내는 서두르지 않았다.

천천히 주변을 돌면서 틈만 나면 톱으로 뚱뚱한 사람을 찍었다. 얼굴을, 팔을, 몸통을.

그리고 뚱뚱한 사내가 몽둥이를 들 힘이 없어졌을 때 목을 잘랐다.

비명 소리, 한 번 톱질을 할 때마다 부들거리는 몸뚱이, 여기저기로 흩어지는 피.

원래 연기로 토할 생각이었으나 실제로 화장실에 뛰어가서 토했다.

그의 잔혹함에 토한 것이 아니었다.

영악한 사내는 예전의 나였다.

내가 했었던—다른 기억 속에 묻어뒀던—일들이 떠오르며 나의 잔혹함에 구역질이 나며 토한 것이다.

내가 행할 땐 몰랐다.

머릿속에 분비된 아드레날린이 흥분을 시키고, 마약과 같은 엔돌핀이 모호한 정신세계를 만들어 사람이 아닌 짐승으로 만든 것이다.

실컷 토하고 다시 소파에 앉았다.

화면에 나오는 잔혹함은 더 이상 날 토하게 만들지 못했고, 죄의식을 느끼게 하지 못했다.

멍한 기분, 초점 없는 눈, 어떠한 일에도 평온함을 유지하는 심장.

섬으로 돌아온 기분이다.

"하하하하하! 죽여! 죽여!"

미친 듯이 응원했다.

목이 쉬도록 외쳤다.

지금 만일 누군가가 날 건드린다면 섬에서처럼 단번에 갈기갈기 찢어죽일지도 몰랐다.

응원이라도 하지 않으면 당장 밖으로 튀어나가 이곳에 있는 자들을 모조리 도륙해 버릴 수도 있었다.

헤븐은 나에겐 지옥이었다.

정신을 차린 건 두 경기가 끝날 때쯤이었다.

시간상으론 세 시간이 넘게 머릿속 지옥을 헤매고 있었던 것이다.

진희룡을 깨웠다.

"꽤 깊이 잠든 것 같은데?"

"너무 곤히 쉬시는 것 같아 두 경기가 끝난 지금에야 깨웠습니다. 죄송합니다."

"이만한 일에 죄송까지야. 덕분에 잘 잤네. 그래, 헤븐을 겪어보니 어떻던가?"

"구토가 나오더군요. 이제야 정신을 좀 차렸습니다."

겪은 그대로를 말해줬다.

"그랬으리라 생각했네. 잔소리 같겠지만 한 가지만 더 말하자면 익숙해지지 마시게나."

"그럴 생각입니다."

"그렇다면 다행히지. 돈은 좀 땄나?"

"모르겠습니다. 워낙 아는 것이 없어 대충 베팅해 얼마가 남았는지조차 헷갈리네요."

"그런 곳이지. 더 있을 생각인가? 그렇다면 난 밖에서 파티나 즐기며 기다리겠네."

"한 경기만 더 보고 나가겠습니다."

"그렇게 하게나."

진희룡은 선수가 소개되는 화면조차 보기 싫었는지 휑하니 나가버린다.

난 세 번째 경기를 베팅하고자 태블릿을 확인했다.

내 것엔 320골드가, 진희룡의 것엔 1450만 골드가 찍혀 있었다.

반쯤 정신이 나간 상태였기에 선수들의 상태를 더 정확하게 본 모양이다.

베팅을 하고 소파에 기댔다.

술은 이미 없었고 안주나 음식은 처음 그대로였다.

더 이상 취하고픈 생각은 없었기에 샴페인을 한 병 시켰다. 이번에도 바니걸이 가져왔다.

아까 있었던 일로 거리가 좁혀졌다고 생각하는지 싱긋 웃으며 묻는다.

"즐거운 시간 보냈나요?"

"그럭저럭. 한데 밤새 일하는 거야?"

"네. 자주 있는 일이 아니거든요."

"잠깐 시간 돼?"

딱히 곤란하게 할 생각은 없었다. 다만 여기에 일하는 이들이 천외천과 어떤 관계인지 알고 싶었다.

"…길게는 있지 못해요."

"삼십 분 정도면 돼. 샴페인 한 잔 하고 가라고. 물론, 룸서비스니까 그에 대한 비용은 줄게."

"그럼 허락 좀 받고 올게요."

바니걸은 샴페인을 놓고 밖으로 나갔고, 난 세 번째 경기가 시작되는 걸 보곤 화면을 꺼버렸다.

"허락해 주셨어요."

"고맙네, 앉아. 아까 우리를 이곳으로 안내해 준 사람이 책임자인가?"

"네. C구역 담당 팀장님이세요."

"그렇다면 그 사람에게도 팁을 넉넉히 줘야겠네."

앉으라고 했는데도 여전히 서 있는 바니걸, 눈짓으로 왜냐고 묻자 그제야 말을 한다.

"저흰 침대 방에만 있어야 한대요."

"왜?"

"경기를 보면 안 되거든요."

"괜찮아. 화면을 다 껐잖아."

"그렇다면 괜찮아요."

샴페인 두 잔을 따른 후 그녀에게 한 잔 건넸다.

"감사해요."

"안주 먹고 싶은 거 있음 시킬까?"

"충분해요."

"부담감 없이 시켜도 돼. 좀 땄거든."

"축하드려요. 많이 땄으면 팁 넉넉히 부탁드려요."

"하하! 당연히 그래야지."

그저 평범한 얘기만 계속 꺼낸다.

"한데 나 같은 사람들도 있나?"

"네?"

"아니, 경기 보다가 룸서비스 하는 아가씨와 대화하려는 사람 말이야."

"있대요. 팀장님이 그래서 허락하는 거래요."

"휴~ 다행히다. 사실 심리적 안정감이 필요했거든."

"그래서 안정이 좀 돼요?"

"물론이지. 자, 마시자."

샴페인 잔을 들고만 있는 그녀와 잔을 부딪치고 같이 마신다.

"우와! 이거 맛있어요!"

"그러게, 이만 위안 값어치는 하네."

"이, 이게 이만 위안이에요?"

"응. 와인 전문점에서 사면 대략 칠천 위안이야. 이런 곳에서 이만 위안이면 싼 편이지. 한 잔 더 할래?"

"네? 네!"

바니걸은 샴페인이 마음에 드는지 따라주는 대로 맛있게 먹는다.

"음료수처럼 톡 쏘면서 맛있다고 해도 샴페인도 와인이라 술이 약한 사람이 먹으면 취할 수 있으니까 주량 생각해서 먹어."

"호호! 괜찮아요. 평소 동네에선 손님들이 주는 백주나 홍주를 주로 먹었거든요."

"하긴 백주나 홍주에 비하면 이건 그냥 음료수지. 음식도 같이 먹자. 식었지만 먹을 만할 거야."

"안 그래도 배고팠는데 잘 먹을게요."

바니걸의 무심코 뱉는 말, 말투, 손의 굳은 살 정도, 햇볕에 피부가 탄 정도, 행동 등.

주의해서 보면 모든 것이 데이터였고, 분석하다 보면 괜찮은 정보를 얻을 수 있을 것이다.

바니걸은 안휘성의 도시가 아닌 시골 출신으로 현재도 그곳에 살고 있을 가능성이 높았다.

집은 농사를 지을 가능성이 높고 집에서 멀지 않은 술집에서 일하는 직업여성으로 간혹 집안일까지 하는 것으로 보였다.

또한, 헤븐에서 일한 경험은 있지만 많아야 두세 번.

이런 정보를 토대로 유추를 해보면 팀장과 경호원을 제외하고 이곳에서 일하는 사람들 대부분이 천외천과 관계없고 때에 따라서 차출되어 오는 이들이 아닐까 싶다.

"우와, 배부르다."

"맛은 괜찮아?"

"네."

"후후. 샴페인을 마셨을 때처럼 놀랄 줄 알았는데 음식은 자주 먹나 봐?"

"이건 비밀인데요. 지난번에 일할 때 남은 음식을 몰래 먹어본 적 있었어요. 그리고 일이 끝나고 팀장님이 잔뜩 싸주셨거든요. 동생들이 얼마나 좋아하던지……."

"후후, 그렇구나. 후식으로 샴페인 한 병 더 할래?"

"아뇨, 괜찮아요. 근데 기분은 좀 풀리셨어요?"

"응. 덕분에."

"다행이에요."

일하는 사람들에 대한 정보도 알아냈고, 이곳에 와 참담했던 마음도 어느 정도 치유를 받은 것 같았다.

그래서 진심을 담아 얘기했다.

"고마워."

"저야말로 맛있는 술과 음식을 먹게 해주셔서 고마워요."

"자, 그럼 계산을 해볼까! 이번 룸서비스 비용은 오만 위안이면 될까?"

"충분해요."

"그리고 이건 팁."

"돼, 됐어요. 룸서비스 비용도 너무 과해요."

"땄으니 많이 달라며?"

"그, 그건 농담이었어요."

"괜찮아. 정말 고마워서 주는 것뿐이니까."

억지로 쥐어주는데 마다할 바니걸은 아니었다.

"그리고 팀장을 보고 싶은데."

"태블릿의 '직원호출'을 누르면 오실 거예요."

버튼을 누르자 삼 분도 지나지 않아 그가 왔다.

"부르셨습니까?"

"내가 좀 힘들었는데 도움을 주셔서 감사하다는 말을 하고 싶어 불렀습니다."

"처음 오신 분 중 그런 분들이 많습니다. 그리고 그건 당연한 서비스고요."

"당연하다고 해도 뭔가를 드려야 마음이 편해질 것 같습니다. 혹시 태블릿의 골드로 팁을 드릴 수 있나요?"

"가능합니다. 룸서비스 맨 밑에 있는 '직원평점'이라는 곳에서 점수와 함께 팁을 줄 수 있습니다."

"팁은 받은 사람 것인가요?"

"가령 일을 하고 받은 팁은 모아서 저희 팀원들끼리 나눕니다. 하지만 '직원평점' 에 주는 돈은 해당 직원이 모두 가질 수 있습니다."

"설명 고맙습니다. 두 분께 오만 위안씩 드리죠."

"……!"

"감사합니다."

팀장은 확실히 많은 팁을 받아본 경험이 있었는지 담담하게 받아들였고, 바니걸은 놀라 입을 다물지 못한다.

"넌 조금 더 있다 이십 분 뒤에 나오렴."

"…알겠습니다, 팀장님."

팀장은 팁에 대한 고마움의 표시인지 바니걸이 더 머물게 해줬다.

"너무 큰돈이에요. 어떻게 감사할지……."

팀장이 나가자 바니걸은 눈물까지 글썽이며 고맙다고 말한다.

"사람마다 느끼는 감사의 크기는 다른 거야. 너와의 대화는 나에겐 그만한 가치가 있었어."

가만히 듣고 있던 바니걸이 가까이 다가오면서 작은 목소리로 말했다.

"제가 드릴 건 이것밖에 없네요. 아까처럼 해줄게요."

이럴 땐 어떻게 거절하는 게 좋을지 생각해 본다.

생각을 마치곤 옷을 벗기려는 손을 잡고 다가오던 입술에 가볍게 입맞춤을 하곤 웃으며 말했다.

"이걸로 충분해."

"……."

잠깐 어리둥절해하던 바니걸도 내 마음을 눈치챘는지 빙긋이 웃곤 인사를 하고 나간다.

다시 화면을 켰다.

세 번째 경기는 한창 격렬한 상태였다.

끔찍한—이제는 담담한—장면을 보면서 천외천에 대해 생각을 한다.

반드시 세상에서 지워야 할 놈들.

기존의 계획을 수정하고 새로운 것을 추가한다.

난 신수호가 나의 원수라는 걸 처음 알게 된 그날처럼 싸늘하게 웃었다.

10장

전통문화 교류

디오네, 제시카, 불곰에게 헤븐을 보고 느낀 바를 말하자 그들도 헤븐을 치자는 계획을 순순히 포기했다.

그리고 조급해하지 말라고 오히려 나를 위로했다.

그들의 말이 맞았다.

제갈화령만 봐도 나와 비슷하거나, 더 강한 수준. 어떤 괴물이 더 있을지 모르는 상황에서 무작정 천외천을 없애겠다고 하는 건 어리석은 짓이었다.

천외천에 대한 고급 정보가 더 필요했다.

그런데 그 정보를 가진 자가 매일같이 나를 찾아오고 있었다.

"혀, 사형. 저 여자 또 왔는데요."

불곰이 말하기 전에 알고 있었지만 애써 모른 척했다.

제갈화령은 벌써 삼 일째 계속 오고 있었고, 사부님은 외부인이 드나드는데도 딱히 신경 쓰지 않는 것 같다.

아니 여자가 없는 무관인지라 오히려 딸처럼 예뻐하고 있음이 틀림없었다.

내가 매일 아침 한 보따리씩 먹을 것을 사와도 '뭘 그런 걸 사오느냐' 는 판에 박힌 소리만 하더니 제갈화령이 한두 개만 가져와도 마치 보물을 가져온 양 대접했다.

게다가 우리 무관에 제자가 한 명 더 늘었다.

막내에서 벗어났다고 좋아하는 불곰은 희희낙락이지만 나에게는 짐에 불과한 그런 놈(?)이었다.

"화령 누나!"

사부와 한참 얘기를 하던 제갈화령이 연무장으로 들어오자 막내 사제라는 놈이 수련을 하다 말고 소리친다.

"막내 사제, 지금은 수련 시간이다!"

"어제 파티에 왜 안 왔어요? 보트에서 놀았는데 누나가 없으니 무지 심심했다고요."

내 말은 방구로 생각하는 막내 사제, 장지민.

"사형 말을 완전히 무시하는데요?"

"나도 알고 있거든. 너 막내 사제 똑바로 교육시켜 놓으라고 했어, 안 했어?"

"하, 하려고 했는데 말입니다. 그, 그게… 재, 여자더라고요."

"그래서?"

"교, 교육을 시킨다고 가슴을 콕콕 찔렀는데… 당장 공안에 신고하겠다고 해서……."

"오호라! 약점을 잡혀서 교육은 고사하고 말도 못 붙이게 되었다. 그 말이지?"

"말은 걸 수 있지 말입니다, 쿠엑!"

"잘났다, 불곰!"

그러나 바닥을 이불 삼아 누워 있는 불곰은 내 말을 듣지 못했다.

"위준, 안녕."

"안녕하세요, 한데 새벽같이 웬일입니까?"

이제 해가 어슴푸레 떠오르는 새벽이었다.

이 시간에는 불곰과 나만 있었는데 장지민과 제갈화령이 가세를 한 것이다.

"운동 왔지."

"남의 문파에 타인이 드나드는 건 좋지 않습니다."

"그야 그렇지. 근데 장 노사님께서 전통문화 교류 차원에서 매일 와도 된다고 허락하셨어."

"……."

망할 영감탱이!

"전통문화 교류 한 판 어때?"

"…해요."

그제 싫다고 말했더니 무작정 먼저 공격해 와 대련을 해야 했고, 어젠 도망가니 끝까지 쫓아와 어느 건물 옥상에서 싸워야 했다.

신법으로 도망가 버리면 되지만 적에게 내가 가진 패를 모두 보여줄 순 없었다.

그리고 무엇보다도 제갈화령과의 대련은 나에게도 많은 도움을 주었다. 물론, 무공에 미친 이 아가씨도 마찬가지지만.

팡! 파앙! 파파파파파팡!

격렬한 대련이다. 압축된 공기가 터지는 소리가 연무장—그냥 마당이다—을 가득 채운다.

첫 대련 때는 나나 제갈화령이나 많이 어설펐다. 그런데 그제와 어제 대련을 통해 서로의 스타일을 알게 되었기에 내공을 더 끌어 올려 사용하는데도 다칠 위험은 크지 않았다.

팔이 얽혔다. 손을 먼저 떼는 사람이 손해를 볼 가능성이 높은 상황. 밑에 있는 다리를 부지런히 움직여 상대를 제압하려 하지만 그마저도 얽힌다.

"헉헉헉헉!"

"하악하악! 하악!"

얽힌 상태에서도 서로를 이기려드니 안 그래도 딱 붙어 있던 몸이 더욱 조여져 입술만 앞으로 내밀어도 입술이 닿을 정도까지 왔다.

"여기까지 하자, 하악하악!"

"그래요. 먼저 손을 놔주세요, 헉헉헉!"

"네가 먼저 놓지?"

"……."

이 여자… 놓는 순간 때리려는 속셈이다.

"그럼 같이 놓죠."

"그러자. 하나, 둘, 셋에 놓는 거다."

"알았어요. 하나, 둘, 셋!"

"……."

"……."

정말 승부욕의 화신 같은 여자다. 결국 이 방법까진 안 쓰려고 했는데.

"싫으면 말아요. 미녀와 이렇게 있는 것도 나쁘지 않으니까요. 흐음~흐응, 흐응, 흐응."

코를 킁킁거리며 기분 좋다는 표정을 지었다.

"뭐, 뭐하는 짓이지?"

"땀 냄새와 섞인 육향이 사람을 묘하게 자극하는군요. 그리고 쇄골에 땀이 흘러 어디로 내려가는 걸까요?"

'후후, 어디까지 버티나 보자.'

음담패설까지 내뱉으며 그녀를 자극했다.

한데 곧 떨어질 것이라는 예상은 빗나갔다. 오히려 나보다 적극적으로 킁킁거린다.

아니, 아예 목과 가슴에 얼굴을 파묻는다.

"왜, 왜 이래요?"

"요즘 남자가 그리웠는데 잘됐네. 오랜만에 남자의 품이나 느껴볼래."

"이, 이……."

미친년이란 말은 차마 하지 못했다. 내가 시작한 일이니 뭐라고 놀릴 수도 없는 입장. 아니, 놀린다고 해도 먼저 항복할 여자는 아니었다.

"헉! 거긴……."

얼굴뿐 아니라 얽혀진 다리도 움직이는 바람에 더 이상 버틸 수가 없었다.

손을 풂과 동시에 다리를 풀고 도망가려 했지만 놓아줄 제갈화령이 아니었다.

퍼퍼퍼퍼퍽!

막고자 했다면 한 대로 끝났을 텐데 도망가려다 다섯 대나 맞았다.

"예에! 나의 승(勝)!"

비참하고 초라하게 만드는 세리머니를 끝으로 대련은 일단락되었다.

해가 뜨자 날씨는 금세 더워졌다.

그 땡볕 속에서 불곰과 장지민은 열심히 수련 중이다.

시원한 물을 마시며 둘이 하는 양을 지켜보는데 제갈화령이 옆에 와 앉는다.

"전통문화 교류 하자."

무공에 미친년!

"방금 전에 했잖아요! 머릿속으로 음미할 시간 정도는 주라고요."

"대련이 아니라 자신의 무공을 보여주고 타인의 무공을 보는 거야."

"뭐가 보고 싶은데요?"

"보법."

내 밑천을 가져가겠다는 소리다. 아니 이미 상당수 가져갔다.

이름 없는 신법의 삼 성과 사 성 사이로, 발바닥으로 기를 정밀하게 내뿜는 단계는 넘었고, 발바닥 위치를 달리해 내뿜는 것은 아직까지 모르고 있었다.

하지만 내가 가르쳐 주지 않는다 해도 대련을 몇 번만 더하면 스스로 깨달을 것이다.

대련에서 내가 앞서는 건 신법을 변환한 보법, 제갈화령이 앞서는 건 무술의 응용력이었다.

보법으로 기회를 만들면 때때로 초식이라 볼 수 없는 초식으로 막아버렸다.

나 역시 지금은 어렴풋이나마 그 단계를 깨달아가고 있는 중이었다.

"보법을 보여주면 뭘 보여줄 건데요?"

"내가 사용하는 무술을 처음부터 끝까지 보여줄게."

"됐어요."

"왜? 나쁘지 않은 조건이잖아."

"첫날 보여줬던 이십사 초식 권법이나 어제, 오늘 섞어서 쓴 사십팔 초식 권법은 저도 알아요."

"겉의 형만 보고 안다고 표현하면 안 되지!"

"글쎄요, 어떤 숨겨진 면이 있는지 모르지만 저에겐 연환권만으로도 충분해요. 그리고 지금은 초식에 연연할 때가 아니에요."

"…자식이 눈치는 빨라서. 그걸 보여주면 내가 손해야. 그럼 다른 밑천도 꺼내봐."

장사꾼이냐!

무공광에, 장사꾼에, 다음엔 뭐가 나올까.

"다른 밑천은 없으니까 됐어요. 그리고 누나한테 얻은 게 많으니 이번엔 특별히 그냥 보여 드리죠."

물을 한 모금 더 마신 후 그녀를 바라보고 좀 떨어진 곳에 섰다.

"현재 누나가 이룬 단계는 대충 삼 성은 넘었지만 사 성엔 못 미친 상태죠. 하지만 보는 즉시 알게 될 거예요."

난 단전의 기운을 다리로 보냈다.

허벅지, 무릎, 종아리를 지나 발바닥까지 간 기운을 발바닥 중앙으로 내보냈다.

무릎을 구부리지 않았음에도 몸이 살짝 떴다가 떨어진다.

그리고 다시 한 번 더.

이번엔 앞쪽으로 내보냈고 몸은 살짝 떴다가 한 걸음 뒤쪽에 떨어졌다.

"아!"

역시나 알아차린 모양이다.

"사 성은 알게 되었으니 오 성을 보여 드리죠. 조금 전과 똑같은 양의 기를 사용한다는 것만 알면 돼요."

발까지 간 기운을 밖으로 나가지 못하게 막자 압력이 거세진다. 그 순간 작은 돌파구를 열자 압축된 기가 빠져 나가며 사 단계 때보다 세 배는 높게 솟구친다.

"알겠다! 압축한 거지? 그리고 육 성은 혹시 사 성과 오 성을 합한 것 아냐?"

잘난 것들이란.

"맞아요, 교육 끝!"

오 단계까지만 가르쳐 주려고 했는데 알아서 눈치를 채버리니 할 말이 없었다.

"칠 성은?"

현재 내 단계가 칠 성.

미쳤다고 가르쳐 주겠는가, 그것도 적에게.

"가슴 속에 양심 좀 키워요."

"그딴 것 키워서 어디에 쓰게."

그렇다고 고맙다는 말도 안 하냐, 이것아!

제갈화령은 볼일이 끝났다는 듯 연무장 한쪽에서 보법을 연습한다.

'저렇게 될 줄 알았어.'

몇 번 연습하더니 오 단계를 지나 육 단계에 이른다. 단지 미세한 조정은 힘들어 버둥대고는 있지만 며칠이면 해결될 문제였다.

아니, 내일이면 해결되겠다. 독한 년.

하루 종일 연습할 것 같던 제갈화령이 웬일로 연습을 멈추고 걸어온다.

"궁금한 점은 알아서……."

"이거 신법이지?"

"……."

"맞구나, 잘 쓸게."

정말 저 예쁜 대가리를 쪼개 뇌가 어떻게 생겼는지 보고 싶어진다.

다시 뒤돌아 연습하러 갈 것 같던 제갈화령은 갑자기 뒤돌아서 한 마디를 외치곤 몸을 움직인다.

"딱 한 번만 보여줄 거야!"

미친년 살풀이 춤인가 싶기도 하고, 여신의 우아하고 부드러운 날갯짓 같기도 하고, 폭풍에 휘날리는 나뭇가지 같기도 했다.

아름답고 멋진 춤사위다.

아니, 거칠고도 무서운 권각법이다.

"끝!"

제갈화령이 시범을 끝내고 연무장이 좁다 하며 신법을 구사하고 있었지만 난 여전히 눈앞에서 움직이는 그녀를 바라보고 있다.

"하아~"

너무 강했다. 보법을 이용해 싸운다고 해도 열에 아홉 번은 질 것이고, 다른 수법들을 모두 동원해도 30퍼센트 이상의 승률은 절대 넘지 못할 정도로 제갈화령은 강했다.

벽을 오르고, 담을 뛰어다니는 그녀를 본다.

그녀의 가슴속에도 양심은 자라고 있었던 거였다.

'다른 것도 자라야 할 텐데.'

괜한 걱정도 해본다.

"세상 말세군, 세상 말세야. 후배들과 손님은 열심히 수련중인데 어떤 놈은 에어컨 밑에서 처자고 있네."

목경형 사형이 왔다. 한데 오자마자 시비다.

난 소리쳤다.

"사부님! 사형이 사조님 욕했습니다!"

"아, 아닙니다. 사부님."

사조님은 에어컨 밑에서 주무시고 계셨다.

목경형 사형이 화들짝 놀라 변명을 한다. 물론, 사부님이 이런 일에 나설 분은 아니었다.

"너 이 자식! 사형을 놀리다니 목을 베어야 정신을 차릴 놈이로다!"

"헐! 기사멸조의 죄를 범한 사형의 입에서 나올 말씀은 아닌 것 같습니다."

옷을 갈아입는 목경형 사형과 놀고 있는데 수련을 끝낸 두 사제와 제갈화령이 들어온다.

"…목 사형, 오셨습니까?"

"에구구구구. 목 사형, 오셨어요."

인사를 하는 둥 마는 둥한 두 사람은 그대로 에어컨 앞에 퍼져 눕는다.

수련 강도를 높인 결과였다.

"목 오빠, 수련 중이라 이제야 인사드리네요."

"괜찮아, 괜찮아. 여기 시원하니까 이쪽에 앉아 쉬어."

아주 오빠라는 말에 녹는다, 녹아.

조용히 생각 좀 하려고 했는데 목경형 사형이 오면서 완전히 시장판 같은 분위기다.

"에구구구구구! 힘들어라."

"시끄러, 사매! 그까짓 거 얼마나 했다고 엄살이야?"

"……."

"……."

"……."

"……."

네 사람의 눈빛이 이상했지만 신경 쓸 정도는 아니다.

"그리고 운동했으면 좀 씻어, 사매."

황당함에서 벗어난 장지민이 다시 사매라고 하자 발끈해 소리친다.

"사제라고 불러, 사제!"

"웃기시네. 네가 저기 수돗가에서 여기 있는 곽 사제와 등목을 하고 오면 사제라고 불러주마. 그게 아니라면 사매라고 부를 테다!"

부들부들!

몸을 잘게 떠는 장지민.

역시 놀리는 재미가 있는 놈(?)이다.

"곽 사형! 등목 하러 가요!"

"으, 응?"

"등목 하고 올 테니까 다음부턴 무조건 사제라고 불러!"

설마? 설마?! 으악! 진짜로 한다!

브라까지 훌훌 벗고 진짜로 불곰과 등목을 하고 있다.

"고개들 돌리시죠!"

목경형과 눈을 가늘게 뜨면서 등목 장면을 보고 있는데 제갈화령의 살기 어린 목소리가 들려온다.

"험험!"

"커흠!"

우리는 재빨리 시선을 돌렸다.

그리고 당당히 돌아와 다시 끙끙거리며 눕는 장지민을 더 이상 놀리지 않겠다고 다짐했다.

"너무 무리해서 수련을 하면 오히려 몸이 망가져. 오늘 꼭 마사지를 받고 쉬어."

목경형 사형은 도대체 수련을 하러 온 건지 에어컨 바람을 쐬러 온 건지 모르게 여전히 마루에 앉아 있다.

"에구구, 그래야겠어요. 그런데 이 몸으로 마사지를 받으러 갈 수 있을지 모르겠네요. 아무래도 이곳으로 오라고 해야겠어요, 에구구구구!"

"굳이 부를 필요 없어. 여기 있는 찬이가 내가 일하는 천락에서 최고 가는 마사지사였으니까."

"에? 거짓말 말아요. 위준이 재 Chan' s Investment라는 투자회사의 대표예요, 목 사형."

"엥? 웬 대표? 진짜야?"

"도대체 뭐가 진실이야?"

불곰을 제외하곤 모두 내 얼굴을 보며 대답을 기다린다. 난 한 문장으로 소란을 잠재웠다.

"마사지는 취미, 대표는 직업."

하지만 그게 끝이 아니었다.

장지민이 돌아누우며 말했다.

"해봐!"

"뭘?"

"마사지 잘한다며, 해보라고."

"그래, 우리 문파는 예로부터 사제들이 근육통에 시달리며 풀어주곤 했다. 그건 사형의 의무야."

목경형 사형이 엄숙하게 말했다.

어디서 그런 거짓말을!

"사부님께 여쭈어봐."

내 속마음을 듣기라도 한 양 말을 잇는다.

또한 제갈화령도, 장지민도, 심지어 불곰까지 고개를 끄덕이며 수긍을 한다.

불곰, 넌 수긍하지 마!

"끄응! 젠장!"

장지민에게 아까 잘못한 것도 있으니 해줄 수밖에 없었다.

가볍게 손을 푼 후 장지민의 다리를 잡았다.

"아아!"

"이상한 소리 내지 마!"

"살살 좀 해."

"살살하면 풀린다니? 하여간 이상한 소리 내면 그대로 멈출 테니까 알아서 해."

경고를 해서일까, 장지민은 아플 텐데도 잘 참는다.

약식으로 이십 분 정도로 마사지를 끝냈다.

"우와! 정말 개운해! 날아갈 것 같아!"

그래, 날아서 이곳에서 사라져 주라.

방방 뜨면서 신기해하는 장지민.

"앞으로도 종종 부탁해. 참! 여기 있는 곽 사형도 해줘."

"내가 왜?"

"사형의 의무잖아!"

목경형 사형은 괜히 쓸데없는 거짓말을 해서는.

그러나 불곰은 역시 내 동생이었다.

"전 괜찮습니다."

"……."

괜찮다면서 왜 엎드리는 거냐, 불곰!

고개 돌리지 마!

어쩔 수 없었다. 난 다시 불곰을 마사지한다.

"쿨~쿨~"

헐~ 형님이 마사지하는데 처자는 용기 좀 보소.

한 대 때려줄까 하다 워낙 달게 자는 모습에 들었던 손을 내려놓았다.

마사지를 끝내고 나니 장지민도 피곤했는지 잠들어 있었고, 목경형 사형은 열심히 수련 중이었다.

그제야 아까 제갈화령이 보여준 그 춤사위를 곱씹어 보려고 하는 찰나, 누군가의 손이 어깨를 잡는다.

제갈화령이었다.

그녀는 초롱초롱한 눈빛으로 말했다.

"전통문화 교류 하자!"

마사지가 아직 끝나지 않았음을 알았다.

* * *

마사지를 받고 잠든 세 사람은 점심때가 다 되어서 일어났다.

그래서 아예 점심을 먹고 도장을 떠나자는 의견을 받아들여 간단히 먹을 수 있는 샤오롱바오라는 만두를 제갈화령의 기사에게 사오게 했다.

네 명의 사형까지 합세하여 에어컨이 있는 마루는 엄청 수선스러웠다.

다행히 넉넉하게 사와 만두가 모자랄 일은 없을 것 같았다.

"……!"

도장 앞에 낯선 기운이 느껴진다. 기운을 느낀 사부님과 나, 제갈화령의 젓가락질이 동시에 멈췄다.

"제 손님입니다."

제갈화령은 젓가락과 만두를 놓고 밖으로 나간다.

난 기운을 풀어 귀에 집중했다.

"린, 여긴 웬일이야?"

린?! 남궁린이다.

"몰라서 묻는 거야?"

남궁린의 목소리에는 화가 잔뜩 나 있었다.

"진짜 몰라서 묻는 거야. 무슨 일인데?"

"지금 회에 어떤 소문이 돌고 있는 줄 알아? 네가 유천이 놈이랑 잤다는 소문이 파다해."

"소문이 돈 것 때문에 온 거야, 아님 내가 유천이랑 잤다는 소문 때문에 온 거야?"

"둘 다야!"

남궁린은 시종일관 화를 내고 있었고, 제갈화령은 아무 일도 아니라는 듯 말하고 있었다.

"한데 소문이 사실이야?"

"자리 잠깐 옮겨. 남의 도장 앞에서 할 말은 아닌 것 같아."

내가 듣고 있다는 걸 눈치챈 건가.

"당장 대답해! 이깟 작은 도장 따위가 무슨 문제라고."

"…소문은 사실이야."

'오호! 황보유천과 잤다는 말이지. 제갈화령, 보기완 다른 구석이 있었네.'

마치 라디오 드라마를 보는 것과 같은 느낌이다.

"이익! 그놈과 정말 잤단 말이야? 너, 너… 도대체 행실을 어떻게 하고 다니는 거야! 너 때문에 얼굴을 어떻게 들고 다녀야 할지 모르겠다."

"행실? 남궁린, 너 웃긴다. 나 때문에 얼굴을 들고 다니지 못하겠다고? 네 행실이나 똑바로 해. 얼나이가 일곱 명에, 그것도 모자라 주말마다 새로운 여자 찾아다니는 거 알 만한 사람은 다 알아."

"너하고 잔 그놈은 내 라이벌이란 말이야!"

"너하고 잔 여자는 니 비서야, 남궁린."

얼음이 뚝뚝 떨어질 것 같은 제갈화령의 말투에서 남궁린에 대한 어떤 애정도 찾아볼 수가 없었다.

오히려 적개심이 느껴질 만큼 차가운 말투다.

남궁린은 할 말을 잊었는지 갑자기 조용해졌다. 그리고 잠시 후에 울부짖는 듯한 외침이 들려왔다.

"왜, 하필 그 녀석이냐고! 왜, 왜!"

"내게 필요한 걸 해준다는 조건으로 섹스를 한 것뿐이야."

"나에게 말했으면 됐잖아!"

"넌 약혼자였던 내게 얼마나 찾아왔었니?"

"그건……."

"남궁린, 더 이상 왈가왈부하지 마. 결혼하기 싫으면 네가 우리 할아버지에게 말해."

"안 그래도 사장로님이 소문을 듣고 상하이로 곧 오실 거야. 그때 이 문제를 확실히 하겠어."

"그러든가."

대화는 끝이 났다.

아쉽긴 했지만 얻은 것도 있었다.

잘 이용하면 내부로부터 무너뜨릴 수 있을 것 같은데 좋은 생각이 떠오르지 않는다.

"잘 먹었습니다."

내가 사용한 젓가락과 일회용 그릇을 봉지에 넣고 제갈화령이 있는 곳으로 천천히 걸어갔다.

그녀는 남궁린이 사라졌으리라 생각되는 골목을 아무 말 없이 보고 있었다.

"재미있었니?"

"솔직히 말할까요?"

"아니, 하지 마."

물어놓고 하지 말라는 건 무슨 심술이야.

"차나 한잔할래요? 이쪽으로 조금만 더 가면 옛날 찻집이 있는데."

"동정이야, 아님 얘기가 궁금해서야?"

"후자라고 해두죠. 전자라기엔 별일도 아닌 일이니까요."

"별일이 아니다? 그럴 수도."

제갈화령은 가타부타 말없이 찻집이 있는 곳으로 걸음을 옮긴다.

에어컨도 없는 낡은 찻집.

지나다니며 많이 보았지만 차를 마시기 위해 들어온 건 오늘이 처음이었다.

우롱차(烏龍茶)를 주문하자 사기 주전자에 가득 담아와 준다.

"보기보다 맛은 좋네."

"그런가요. 전 아무리 차를 마셔도 잘 모르겠어요."

"배우면 돼."

"됐어요. 차는 마시는 거지 배우는 건 아니라고 봐요."

"후후, 그 말이 정답이네."

씁쓸하게 웃던 제갈화령은 차를 한 잔 마시곤 말을 이었다.

"널 보면 어떤 땐 나보다 더 어른스러워."

"그렇지 않아요. 그저 자신이 부족하다고 생각하니까 남들에게 그런 모습이 보이는 것뿐이죠."

"지금도 그래. 잘난 척인가?"

"하하! 그럴 수도 있죠."

"답답한 마음에 말을 꺼내려고 했는데, 갑자기 괜한 짓을 하는 것 같아 쉽지 않네."

"자신의 얘기를 하려니 그렇죠. 그럼 삼인칭으로 얘기해 봐요."

"삼인칭으로?"

"자신이 친구가 되는 거죠. 가령, '내 친구 얘긴데'로 시작해서 마치 친구의 고민을 말하는 양 하면 되는 거죠."

"음……. 괜찮은 방법인 것 같은데."

천외천과 관련 없다면 굳이 이렇게까지 해서 들을 이유는 없었다.

“내 친구 얘긴데…, 오래전부터 약혼자였던 남자와 갑자기 결혼을 하기 싫어졌나 봐.”

“왜요?”

“글쎄, 약혼자에 대해 알면 알수록 실망했고, 꼭두각시 같은 삶이 짜증이 나서가 아닐까?”

“괴롭긴 하겠네요. 정 싫으면 안 하면 되잖아요.”

“그게 맘대로 안 되나 봐. 얼마 전에 결혼하기 싫다고 할아버지에게 얘기했는데 혼만 났나 봐.”

“에이, 그 할아버지 너무했다.”

“아니, 불쌍한 분이시지. 할아버지는 꼭 가지고 싶은 게 있으셨는데 아들이 이루어 줄 거라 믿고 계셨지. 한데 사고로 아들을 잃어버렸어. 손녀인 친구만 남았는데 손녀는 해드릴 수가 없는 일이었어.”

“도대체 가지고 싶은 게 뭐예요? 누나 말을 듣다 보면 물건은 아닌 것 같고 어떤 ‘자리’ 인 것 같은데.”

“…….”

이크! 너무 갔나?

실눈을 뜨고 이상하다는 듯 바라보는 제갈화령.

움찔했는데 다행히도 그녀는 말을 이었다.

“맞아, 어떤 자리지. 여자는 앉을 수 없는 자리. 그래서 할아버지는 나중에 자신이 손으로 쥐고 흔들 수 있는 만만한 남자를 골라 친구를 시집보낼 생각을 하신 거야. 그러니 약혼자가 어떤 짓을 해도 상관이 없지. 그리고……."

그녀는 오랫동안 묵묵히 자신의 말을 이어갔다.

제갈화령의 삼인칭 화법과 능려안이 준 천외천에 대한 기본 정보를 합쳐 정리하면,

천외천의 십장로는 차기 문주가 될 후보인 남궁린, 황보유천을 미는 두 개의 세력과 중립을 표하는 세력, 이렇게 세 개의 세력으로 나누어져 있다.

각각의 대표 장로는 현 문주인 남궁상민, 이장로인 황보충, 사장로인 제갈무량, 이 세 사람이었다.

그리고 세력비는 4:4:2.

이는 곧 제갈무량의 선택에 따라 차기 문주가 결정될 가능성이 높다는 것.

그래서 제갈무량은 황보유천보다 더 멍청한 남궁린을 차기 문주로 내정하고 손녀인 제갈화령을 시집보내 차후에 천외천을 좌지우지하겠다는 생각을 가지고 있다는 것이다.

몇 가지 이해되지 않는 것이 있었지만 계속 얘기를 하게 추임새만 넣는 역할이다 보니 물을 수가 없었다.

"…그 친구는 어떻게 해야 할까?"

말을 끝낸 제갈화령은 해답을 바라지 않는—스스로에게 던지는—질문을 한다.

난 해답을 제시할 것이다.

제갈화령이 혹해서 내 손을 잡도록.

만일 이게 성공한다면 내 복수는 의외로 빨리 끝날 수도 있을 것이다.

"몇 가지 방법이 있어요."

"몇 가지나?"

"생각할 시간이 많다면 더 좋은 방법을 생각해 낼 수 있겠죠."

"어떤 방법이지?"

"방법을 말하기 전에 먼저 내 질문에 대답을 해줘야 해요. 그래야 좀 더 정확하게 말할 수 있거든요."

"물어봐."

"세력은 설득으로 바뀔 수 있나요?"

"힘들 거야. 대부분 혈연, 사돈 관계거든."

"그럼, 일단 한 방법은 실패!"

장로를 설득하는 방법은 어차피 버리는 패였다. 세 세력의 장로들이 그 정도도 생각하지 못할 정도로 바보는 아닐 터.

"혹시 누나의 친구 분의 실력은 어느 정도죠?"

"꽤 하는 편이지."

"너무 막연한데요. 젊은 사람들 중엔 독보적일 거고 할아버지나 세력의 장(長)과 비교하면요?"

"…비슷한 편이야."

"오우! 친구 분 엄청 강하네요."

너스레를 떨었고, 속으로는 쾌재를 불렀다.

천외천에 제갈화령보다 강한 자는 거의 없고, 설령 있다고 하더라도 만나기 쉽지 않다.

왜냐하면 이 무공광인 아가씨가 만나고자 한다면 못 만날 사람이 있을까?

게다가 얼마 전까지 모르던 나에게 대련을 하자고 조르고 무술을 교류하자고 할 정도니, 천외천에 강자가 많이 있다면 제갈화령이 여기에 있지도 않을 것이다.

어쩌면 제갈화령이 가장 강할지도 모른다.

예상은 하고 있었지만 확신마저 드는 순간이다.

'가만!'

남궁상민의 손자 남궁린은 청룡단주, 황보충의 손자 황보유천은 주작단주, 팔장로 언정기의 아들 언규연은 현무단주다.

그럼 제갈무량의 손녀인 제갈화령이 백호단주라 생각하는 건 무리일까.

난 제갈화령을 바라봤다.

몇 번 본 사이에 친해져서 그런지 백호단주가 아니길 바래본다.

하지만 아니라고 생각할수록 머릿속 깊숙한 곳에선 그녀가 백호단주가 맞다고 얘기한다.

"왜?"

계속 쳐다보고 있어서인지 제갈화령이 이상하다는 듯 묻는다.

"아, 아니에요. 계속하죠. 만일 세력을 장악하고 있다는 열 분이 불의의 사고로 죽거나 한쪽 세력이 죽는다면 어떻게 될까요?"

"전자의 경우 후계자 선출은 일단 미뤄지고 새로운 분들이 추천된 후에야 다시 진행될 테고, 후자의 경우는… 꽤 복잡해지겠구나. 이건 나라고 해도 잘 모르겠는걸."

"그렇다면 한 명만 남게 된다면요? 그리고 그 한 명이 자리를 차지하고자 한다면요?"

"무슨 말을 하고 싶은 거지? 반란이라도 일으키라는 거야?"

"반란이 아니죠. 말했잖아요, 불의의 사고라고. 그리고 만일 그런 불의의 사고가 일어난다면 누나의 친구 분도 행복하고, 할아버지도 행복할 수 있지 않을까요?"

"네 말대로 한다고 두 사람이 행복할까? 둘만 남게 되었는데 최고의 자리에 앉으면 무슨 소용이겠어."

"너무 극단적인 생각이에요. 자리에 오른 후 주변에 정리해야 할 이들은 많겠지만 무사히 정리를 마치고 나면 온전히 자신의 것이 되니 더 좋을 수도 있죠."

"…네 얘기를 들으면 좀 편해질 줄 알았는데 오히려 더 모르겠다."

"내가 좀 극단적이죠?"

"많이! 많이 극단적이야."

"헤헤! 친구분이 안타까워서 나도 모르게 흥분해서 그래요. 내가 한 말은 잊어주세요."

"어쨌든 말 들어줘서 고마워."

"다음부턴 얘기 안 하고 들어만 줄 테니 필요하면 언제든지 불러요."

"그런 일이 있다면. 이제 가봐야겠다."

"가세요. 난 차를 더 즐기다 갈게요."

"내일 봐."

"볼 수 있길 바라요."

내 말에 씁쓸한 표정을 짓는 제갈화령.

웃는 표정이 매력적인 그녀였는데 오늘 따라 많이 힘들어 보인다.

그래도 돌아서기 전 빙긋이 웃으며 한 마디 던진다.

"…나도."

난 그녀가 눈에서 사라지고 감각에서 사라질 때까지 그곳을 바라봤다.

11장

좁혀지는 거리

인천국제공항.

수수해 보이는 회색 탕장(唐裝 : 남성용 중국 전통 복장)을 입은 백발의 서양 노인이 게이트를 빠져 나오자 사람들의 시선은 신기한 듯 그를 향한다.

신기하게 보는 시선에 기분이 나쁠 만도 할 텐데 노인은 반달 모양의 눈웃음과 부드러운 미소를 지은 채 천천히 걷고 있었다.

그의 뒤로 양복을 입은 동양인 중년 남자가 따르고 있었지만 그를 주목하는 이들은 없었다.

"에릭, 한국에서 사람을 찾으려면 어떻게 해야 하지?"

노인이 영어로 말하자 뒤에 있던 에릭이라 불린 중년 남자 역시 영어로 답했다.

"심부름센터로 가면 될 겁니다."

"심부름센터?"

"미국의 탐정과 비슷하다고 생각하시면 될 겁니다."

"그게 좋겠군. 가지."

"예."

에릭은 노인보다 앞장서 밖으로 나가 택시를 잡곤 뒷문을 열고 기다린다.

노인이 뒷좌석에 타는 것을 확인하고 나서야 앞 좌석에 탄 에릭은 유창한 한국말로 택시 기사에게 말했다.

"역삼동 르네상스 호텔 근처에 있는 심부름센터로 가주세요."

"네? 네네."

기사는 황당하긴 했지만 역삼동 부근에 심부름센터가 제법 있었기에 미터기를 누른 후 차를 출발시킨다.

"저기 삼 층에 심부름센터가 있습니다, 손님."

택시 운전사의 친절함에 금세 도착한 노인과 에릭은 심부름센터로 올라간다.

"어서 오십시오. 이리로 앉으시지요."

네 명의 직원 중 소파에서 신문을 보고 있던 사내가 재빨리 일어나 노인과 에릭에게 소파를 권한다.

"무엇을 도와드릴까요?"

"사람을 찾고 있소."

"그 분야가 저희 전문입니다. 찾아야 하는 사람에 대해서 들을 수 있을까요?"

"잠시만."

"편안하게 하십시오."

심부름센터 사장은 영어로 얘기하는 노인과 중년 사내를 보며 돈 냄새를 맡았다.

탕장을 입은 노인은 가격을 알 수 없는 옷을 입었지만 중년 사내는 천만 원이 넘는 양복을 입고 있었다.

'왕창 불러야겠어.'

얼마나 부를까 고민하고 있는 사이 두 사람의 영어 대화가 끝났다.

"이름 박무찬. 칠 년 전, 고등학교 일 학년이었고 서울에 살았다고 하오."

사장은 메모지에 에릭이 말하는 것들을 적은 후 말을 했다.

"이게 전부입니까?"

"그렇소."

"혹시 특이 사항은 없습니까?"

"꼭 필요한 거요?"

"그건 아니지만 기억나시는 게 있다면 더 빨리 찾을 수 있어 드리는 말씀입니다."

다시 두 사람의 영어 대화.

"칠 년 전 실종되었다가 삼 년에서 이 년 전쯤에 한국에 왔을 가능성이 높다고 하는군요."

"굉장히 특색이 있군요. 특이 사항 때문에 기간이 줄어들 수 있겠습니다. 시간은 이틀. 비용은 천만 원입니다. 계약금은 통상적으로 이십 퍼센트를 받고 있고, 혹 더 늦어지는 경우, 하루에 백만 원씩 비용이 추가될 수 있습니다. 물론 지금 말씀드린 건 현금가입니다."

주어진 정보만을 보자면 간단한 일이었다.

주소만 찾는 것이라면 두 시간이면 충분했다.

그러나 이런 손님을 눈탱이 치지 않으면 직원들 월급과 세 주기도 빠듯한 게 이 바닥이었다.

"하루 만에 찾으면 이천, 이틀이면 천오백. 이틀이 지나면 계약금만 받고 끝. 어떻소?"

거부할 수 없는 조건.

한 번 더 튕겨볼까 하다 중년 사내와 노인의 눈빛을 보고 생각을 접었다.

"콜! 좋수다. 한 번 해봅시다."

"가족이나 주변 인물에 대한 조사도 부탁하오."

"그 정도야 서비스로 해드려야죠. 아하하하하! 계약금은……?"

"은행은 어디 있소?"

"바로 옆 건물 일 층이 은행이죠."

"같이 갑시다. 거기서 드리겠소."

"화끈하시군요. 가십시다."

은행에서 돈을 뽑아 심부름센터 사장에게 주고 밖으로 나온 노인과 에릭은 르네상스 호텔로 향했다.

르네상스 호텔 스위트룸.

"하루 정도면 찾을 것으로 예상됩니다. 그러니 이곳에서 편히 쉬고 계십시오. 나머지는 제가 알아서 하겠습니다."

"놈의 눈빛을 보니 그런 것 같더군. 자네도 쉬게."

"저녁 식사 때 다시 오겠습니다."

"방해받고 싶지 않군. 룸서비스로 먹지."

"알겠습니다. 그럼 내일 뵙겠습니다."

에릭이 인사를 하고 밖으로 나가자 노인은 서울의 야경을 바라본다. 그리고 조용히 중얼거렸다.

"이제 곧 보겠구나, 위즈."

* * *

일 년 팔 개월 전, 동진푸드의 경영권을 손에 넣었던 노강윤 사장은 그동안 회사 이름을 JJ푸드—정진의 앞 글자를 땄다—로 바꾸고 흔들리지 않는 경영권을 확보하기 위해 노력했다.

처음 일 년간은 위기의 순간도 있었다.

하지만 이제는 업계 일 위의 업체로 올 상반기에 전년 대비 150퍼센트의 성장을 일구고 있었다.

한데 모든 것이 잘되고 있는 노강윤 사장도 한 가지 걱정이 있었다. 바로 동생인 노해윤 때문이었다.

무찬의 부탁을 받았을 때는 큰 부탁이 아니라고 생각해 대수롭지 않게 허락을 했었다.

무찬은 유학을 가게 되어 해윤과 헤어질 생각인데 주변 사람들과 학교 사람들이 둘이 사귀었다는 사실을 모른척하게 만들어달라는 것이었다.

이상한 부탁이었지만 그저 헤어졌다는 언급을 못 하게 해달라는 것으로 이해하고 넘어갔었다.

"설마 그런 일이 있었을 줄이야. 어떻게 상상을 했겠어. 후우~ 쩝!"

소파에 앉아 시가 연기를 내뿜은 노강윤은 입맛을 다셨다.

무찬과 둘만의 생일 파티를 한다고 기뻐하던 아이가 갑자기 병원에 있다는 말에 그는 한걸음에 병원으로 달려갔었다.

그리고 들은 황당한 얘기.

해윤이 무찬과 사귀었다는 걸 잊어버렸고, 그저 친구로만 알고 있다는 것. 그리고 '어떤 남자' 를 미치도록 그리워해 병원에 입원했다는 것이었다.

그제야 노강윤은 무찬이 한 부탁의 의미를 정확히 알 수 있었다.

해윤이 병원에서 치료를 받는 사이 그는 주변 사람들과 대한대학교 경영대학 학생들의 입단속을 하는 데 주력했다.

그러면서도 한편으론 노찬성 회장의 지시로 무찬에 대한 조사를 했는데 조사 결과가 참으로 황당했다.

엔진에 이상이 발견되어 수리 후 시험 운행하던 한강 유람선 폭발 사고에 휘말려 실종 처리가 되었다는 것이었다.

좀 더 조사를 하자 숨겨진 진실에 다가갈 수 있었는데 미지의 테러 조직에 휘말려 죽었다는 것이었다.

안타까운 일이었지만 한창 경영권 확보를 위해 바빴던 때라 모든 일은 차츰 기억 속에서 희미해져 갔다.

지난 달 해윤이 갑자기 찾아올 때까진 말이다.

모든 기억을 되찾은 해윤의 폭풍같이 쏟아내는 눈물과 질문에 어쩔 수 없이 사실을 말해야만 했다.

해윤은 무찬이 죽었다는 사실을 믿지 않았다.

집안이 온통 눈물바다라며 노찬성 회장이 어떻게 하라고 전화가 왔었지만 그가 할 수 있는 일은 아무것도 없었다.

그리고 또다시 들이닥친 해윤.

무찬이 살아 있다는 사실을 알았다며 중국으로 떠날 생각이니 도움을 달라 찾아온 것이다.

알고 보니 노찬성 회장이 해윤이 울면서 하는 부탁을 막을 수 없다고 생각해 외국으로 도망가며 자신에게 일을 미룬 것이다.

처음엔 긴 얘기를 하며 설득을 했다.

하지만 매일같이 아침부터 찾아와 저녁까지 졸라대니 그로서도 손발을 들 수밖에.

그렇다고 해윤을 중국으로 보내면 노찬성 회장에게 맞아 죽을 것이 분명했기에 먼저 사람을 파견하는 것으로 합의를 보았다.

정신없이 보낸 요 한 달간이 마치 억겁의 시간처럼 느껴지는 노강윤이다.

삐익!

움찔!

이젠 비서실의 호출음만 들어도 경기를 할 지경이었다.

—사장님, 해윤 아가씨가 정문을 통과하셨답니다.

"어, 없다고 해! 아니 출장 갔다고……."

화들짝 놀란 노강윤은 어떻게 해서라도 이 순간을 모면하려고 했다. 그러나…….

—…오셨습니다.

"……!"

정문을 통과해서 이곳까지 오려면 최소한 오 분은 걸린다. 한데 벌써 도착했다는 건 누군가가 늦게 소식을 전달했다는 소리.

으득!

어금니를 갈며 노강윤은 경비 시스템을 손봐야겠다고 생각했다.

문이 열리고 해윤이 들어온다.

얼굴이 반쪽이 되었다고 걱정하는 부모님의 말씀과 달리 딱 보기 좋은 얼굴이라고 생각하며 맞이한다.

"하…하하하하! 어서 와라."

"응, 오빠도 잘 지내지?"

'네가 보기엔 잘 지내는 거 같으냐!'

해윤만 보면 속이 쓰려오는 그였다.

한데 오늘 해윤의 태도가 좀 이상하다. 인사보다는 항상 중국에 대해 먼저 물어보던 해윤이었다.

살짝 긴장하며 소파에 앉은 자신의 동생이 무슨 말을 할까 바라본다.

"그가 있는 도시를 알아냈어."

"오, 그래! 어디래?"

"상하이."

"상하이라면 우리 직원들도 많으니까 금방 찾겠다."

"그래서 나도 가보려고."

범위가 중국 전체에서 상하이로 줄었다는 기쁨에 말실수를 했다.

그는 금방 말을 바꿨다.

"무, 무슨. 너 상하이 인구수가 얼만지 알아?"

"몰라."

"삼천만 명이 넘어. 드라마 같은 데에선 길가다가도 만나긴 하는데 현실에서는 힘들어."

"상관없어. 한 일 년 정도면 찾겠지."

'차라리 날 죽여라, 죽여!'

처음 중국에 간다고 했을 때와 비슷한 상황.

간다고 결심했는지 해윤의 눈빛이 장난이 아니다. 물론 이런 눈빛이야 별로 두렵지 않다.

하지만 저러다 안 되면 눈물을 뚝뚝 흘리는데 그땐 정말 그로서도 감당이 안 되는 순간이다.

'울기 전에 설득을 해야 해!'

"그건 그렇고 상하이에 있다는 건 어떻게 알았어?"

"봉구 오빠라고 예전에 무찬이와 함께 있던 사람한테서."

"그 사람이 상하이에 있대?"

"아니, 자기는 외국 여행 다녀온 거라고 거짓말을 하는데 이것저것 묻다보니 상하이에 대한 얘기가 많더라구. 그래서 상하이라고 생각한 거야."

"그럼 상하이도 백 퍼센트 확실한 건 아니네?"

"거의 확실해. 내가 혹시 무찬이가 상하이에 있냐고 물었더니 많이 당황했었거든. 그 오빠는 거짓말을 못해."

여기까지 듣고 노강윤은 설득할 방법이 생각났다.

"내가 생각하기엔 네가 한국에 있는 편이 무찬이를 찾는데 더 좋을 것 같은데."

"왜?"

"생각해 봐. 넌 그 봉구라는 친구를 만난 지 얼마 안 돼서 상하이라는 걸 알아냈잖아. 중국이라는 엄청나게 넓은 지역을 상하이라는 좁은 지역으로 줄인 거라고."

"……."

"일단 상하이에 사람은 투입해 두고, 넌 여기서 그 친구를 공략하는 거야. 혹시라도 사는 곳이라도 알아내면 당장에 찾을 수 있잖아, 안 그래?"

노강윤은 해윤의 표정을 보고 자신의 말에 거의 넘어왔음을 알았다. 그래서 다시 한 번 쐐기를 박는다.

"넌 여기서 그 친구를 공략하고, 그 정보로 우리는 무찬이를 찾고. 혹, 어디 사는지 알게 된다면 언제든지 중국으로 가도 좋아!"

"…약속할 수 있어?"

"물론이지. 그땐 내가 책임지고 아버지께 허락을 받아주고 나도 따라갈게."

"알았어."

"휴우~ 잘 생각했어."

오늘은 너무나도 쉽게 설득할 수 있어서 큰 계약을 성사시킨 것보다 기뻤다.

"바쁠 테니 난 이미 가볼게, 오빠."

부스스 일어나는 해윤.

문득 그 모습을 보던 노강윤은 기억이 깨어난 날부터 해윤의 얼굴에 웃음이 사라졌다는 걸 깨달았다.

"해윤아!"

그래서 뒤돌아 가는 그녀를 불렀다.

그리고 진심으로 말을 했다.

"오빠가 꼭 찾게 해줄게. 세계를 다 뒤져서라도……."

"응! 고마워, 오빠."

해윤은 빙그레 웃으며 대답을 했고, 노강윤도 동생을 향해 환하게 웃어주었다.

'이젠 뭘 하지?'

기억을 되찾은 지금의 해윤에겐 최면의 후유증인지 무찬을 찾는 것이 전부였다. 그러나 그녀가 당장 할 수 있는 일은 많지 않았다. 그러다 보니 자연 멍하니 보내는 시간이 많아졌다.

경호원들이 뭐라고 외치는 소리가 들렸지만 그녀는 그저 길을 걸었다.

무찬과 함께 걸었던 길을 걸으며 함께 커피를 마시던 커피 전문점을 보고, 식사를 했던 음식점을 보고, 시시덕거리던 얘기들을 기억한다.

그렇게 걷다보니 어느새 무찬의 집 근처였다.

"오늘도 결국 여기네, 헤헤."

집이 비어 있다는 건 알았지만 자신도 모르게 매일같이 한 번씩은 들리는 곳이었다.

다시 걸음을 옮겨 오르막을 오른다.

100미터, 80미터, 60미터, 40미터…

집에 다가갈수록 무찬이 있을 것 같다는 생각에 기쁘면서도 가슴이 막히며 눈앞이 흐려진다.

"무찬……?!"

무찬의 집 앞에 두 사람이 서 있었다.

눈물로 흐려진 시야 때문에 그가 아닐까 하는 생각에 이름을 부르며 뛰었다. 하지만 뛰는 충격에 눈물이 눈을 넘어 떨어졌고 무찬이 아닌 백발의 노인과 중년 사내임을 알게 되었다.

"죄, 죄송해요. 사람을 착각해서……."

자신을 바라보는 노인에게 사과를 한다.

중년 사내가 귓속말을 했고, 노인은 이해한 듯 고개를 끄덕인 후, 웃으며 영어로 말을 했다.

"무찬이와 아는 사이인가?"

"네? 네. 노해윤이라고 합니다. 할아버지도 무찬이를 아세요?"

학교의 수업이 영어로 진행되는 대한대학교라 영어는 원어민에 가까운 그녀였다.

"알다마다. 아주 친한 사이지. 한데 지금 안에 없는 것 같은데 어디 간 건가?"

"그건, 그러니까… 흑! 으흐흐흑! 흑흑흑!"

인자하게 웃으며 말하는 노인에게 '자신을 버리고 중국으로 도망가 버렸다' 라고 말하려 했지만 그 순간 서러움이 복받쳐 울음을 터뜨렸다.

"어엉어어엉! 엉엉엉!"

지금까지 알고는 있었지만 무의식중에 인정하고 있지 않았던 사실을 노인의 물음에 인정하게 된 것이다.

무찬이 자신을 버렸다는 사실을.

꼬옥! 토닥토닥.

부드러운 손길과 따뜻한 품이 해윤을 위로한다.

"진정하렴, 예쁜 아이야."

신기한 일이었다.

노인의 말을 듣는 순간 폭풍과 같던 마음이 서서히 진정되고 눈물도 차츰 멈춘다.

"금방 그 애를 만날 수 있을 게다."

"…네."

해윤은 노인의 말에 아무런 의심도 들지 않았다. 금방 만나다고 하니 정말 금방 만날 것 같은 예감에 기분마저 좋아졌다.

"죄송합니다, 그리고 감사합니다."

"별말을 다 하는구나. 근데 녀석이 멀리 떠난 모양이구나."

"지금 상하이에 있대요."

"오호~ 그곳엔 무슨 일로?"

"모르겠어요. 아무 말 없이 떠나 버렸어요."

해윤은 처음 보는 노인에게 이런저런 얘기를 해주면서도 아무런 위화감을 느끼지 못하고 있었다.

"쯧쯧쯧! 그 녀석, 이런 예쁜 아이의 얼굴에서 눈물이 나게 하다니 만나면 혼쭐을 내줘야겠다."

"호호호! 꼭 그래 주세요, 할아버지."

"그러마. 그나저나 멀리서 찾아왔는데 상하이로 갔다니 이거 곤란하게 되었구나."

"머물 곳이 없으세요?"

"글쎄다. 녀석에게 신세 좀 지려고 했는데 말이다."

"그럼, 이 집에서 지내세요. 며칠 동안은 괜찮을 거예요. 제가 열쇠 가지고 있거든요."

"주인 없는 집인데 그래도 될까?"

"그럼요!"

평소의 해윤이라면 설령 무찬을 안다고 해도 처음 보는 노인을 집에 들이는 짓은 하지 않았을 것이다.

그러나 그녀는 지금 자신이 무슨 얘기를 하는지조차 모르고 있는 것 같았다.

"비워둔 집인데 깨끗하구나."

노인은 거실을 둘러보며 말했다.

"디오네 언니네 메이드들이 청소를 해주고 있어요."

"디오네도 이곳에 있었나?"

"옆집에 있었어요. 무찬이 사라지면서 같이 떠났지만요."

"허허허. 그렇구나."

"먼 길 오셨는데 앉아서 쉬세요, 할아버지. 먹을 것은 없지만 차는 있을 테니 준비해 드릴게요."

"고맙구나."

"어? 근데 아까 옆에 계셨던 분은 어디 가셨어요?"

집에 들어올 때까지만 하더라도 분명 노인의 옆에 서 있었었다. 그런데 무슨 차를 마실지 물어보려는데 보이지 않아 물은 것이다.

"고향으로 보냈다. 이젠 녀석은 필요 없거든."

"응? 한국 사람 아니었어요? 한국말 엄청 잘하시던데."

"한국계 미국인이란다."

"어쩐지."

이해를 한 해윤은 차를 끓여 노인에게 준 후 맞은편에 앉았다.

"할아버지 성함은 어떻게 되세요?"

"클로버라고 한단다."

"할아버지와 너무 잘 어울리는 이름이에요."

"응? 그런 말은 처음 듣는구나."

"세 잎 클로버의 꽃말은 행복이고 네 잎 클로버의 꽃말은 행운이거든요. 할아버지의 웃는 모습을 보면 행복해지고 행운이 생길 것 같아요."

"……."

표정의 변화가 없을 것 같던 클로버의 얼굴이 일순 딱딱하게 굳었다.

그리곤 거실 창밖으로 보이는 하늘을 보며 낮게 중얼거렸다.

"행복과 행운이라……. 그분들도 그걸 알고 이름을 지어주신 건가?"

"네?"

"아무것도 아니다. 한데 녀석과 어떻게 만난 게냐? 심심하니 할애비에게 말해보려무나."

"그게 말이죠. 그날이 대한대학교 면접을 보는 날이었어요. 길을 가는데……."

해윤은 때론 즐겁게, 때론 행복하게, 때론 슬픈 표정으로 무찬과의 만남부터 헤어짐까지 얘기를 했고, 클로버는 자상한 미소를 띤 채 듣고 있었다.

"…정말 믿기지 않으시죠? 무찬이가 그런 능력이 있을 거라곤 생각도 못했어요. 최면으로 사람의 기억을 조작하다니. 사실 지금도 안 믿겨요."

"허허허. 난 믿는단다."

"우와! 할아버지는 믿으세요?"

"그럼. 내가 녀석에게 가르친 거란다."

"네에~? 할아버지가 가르쳤다고요?"

"물론이지."

"잘됐다!"

"뭐가 말이냐?"

"할아버지 나중에 제 소원 하나만 들어주실 수 있어요? 네? 네?"

해윤은 클로버에게 아양을 부리며 말했고, 클로버는 그 모습이 싫지 않은지 눈웃음이 더욱 짙어졌다.

"무슨 소원인데 그러느냐?"

"나중에 무찬과 만나 다시 사랑하게 되면, 그래서 무찬이 절 저보다 더 많이 사랑하게 되면, 그때 그의 기억에서 절 지워주세요. 그가 그랬던 것처럼……."

"허허허허! 네가 겪었던 고통을 그도 느끼길 바라는 게로구나."

"맞아요. 얼마나 힘든지 그가 알길 바라요."

"꼭 그렇게 해줄 테니 나중에 이 할애비를 원망 마라."

클로버의 말에 잠깐 생각을 하던 해윤은 급하게 외치며 손을 살랑살랑 흔들었다.

"하, 할아버지, 취소할래요."

"왜, 갑자기?"

"생각해 보니까 사랑하는 기억을 가진 사람이… 더 많이 아플 것 같아요."

"껄껄껄껄! 맞는 말이구나. 고통을 준 사람이 더 아플 수도 있는 법이지."

클로버는 허허거리는 웃음이 아닌 정말 신이 난 사람처럼 껄껄거리며 웃는다. 그리고 해윤이 사랑스럽다는 듯 머리를 쓰다듬는다.

"네가 비밀을 말해줬으니 나도 비밀을 한 가지 말해주마."

"어떤 비밀인데요?"

"사실 말이다. 나도 아주 예전에 무찬이 녀석에게 사령술을 걸어뒀단다."

"사령술요?"

"최면이란다."

"어떤 최면을 걸어뒀는데요?"

"너에게 걸어둔 것과 같은 종류지."

"오래전에 해뒀으면 풀렸을 수도 있겠네요? 저처럼."

"허허허! 내가 녀석에게 가르쳐 줬다고 하지 않았느냐. 내가 건 최면은 훨씬 강력하단다. 그래서 조건이 만족하지 않으면 영원히 풀리지 않을 수도 있단다."

"고통스러운 건 아니죠?"

"껄껄껄! 녀석이 아플까 걱정되느냐?"

"…쬐끔."

"아픈 건 전혀 아니란다."

"그럼, 됐어요. 설마 그 나쁜 놈이 건 최면보다 더 나쁜 최면이 있겠어요."

"네 말이 맞다. 껄껄껄!"

클로버와 해윤은 마치 사이좋은 조손처럼 이런저런 얘기를 하며 시간가는 줄 모르고 얘기한다.

그리고 중간에 중국음식을 시켜 먹기까지 했다.

"한데 해윤아, 기억을 잊고 있었던 네가 무찬이가 상하이에 있는 건 어떻게 알았느냐?"

"우니랑 봉구 오빠와 얘기하면서 알아냈어요."

"우니? 봉구?"

"우니는 무찬의 동생인데 저랑 동갑이에요. 봉구 오빤 무찬이랑 형, 동생 하는 사이구요."

"그럼 그 둘은 무찬이 있는 곳을 알고 있는가 보구나."

"모른다고 시치미를 떼고 있지만 봉구 오빠는 분명히 알고 있어요. 그동안 상하이에서 같이 지낸 것 같더라고요."

"그 녀석은 지금 어디에 있지?"

"이곳에서 멀지 않은 곳에 살아요. 근데 두 사람 지금은 이박 삼 일로 여행 갔어요. 아마 제가 매일같이 가서 조르니 피할 요량으로 간 것 같아요."

"그럼 이틀 안에 보겠구나."

"네, 갈 때 저랑 같이 가요. 할아버지가 물어보면 대답해 줄지도 모르니까요."

"반드시 얘기해 줄 거다."

클로버는 확신하는 듯 말했다.

12장

예상치 못한 전화

"미안해."

평소의 제갈화령답지 않게 사과를 한다.

"누나 탓이 아니니까 신경 쓰지 말아요. 그리고 사실 난 기분이 좋아요. 누나랑 사귄다니 말이에요."

"……."

사귄다고 해서 기분 좋다는 건 거짓말이지만 이런 소문이 난 것에 대해선 기분이 좋았다.

제갈화령이 황보유천과 잤다는 소문을 낸 사람이 이번엔 나와 그녀가 사귄다는 소문을 낸 모양이었다.

그래서 이틀 만에 찾아온 제갈화령은 '전통문화 교류를 하자' 는 말보다 사과를 먼저 한 것이다.

"장난으로 생각하지 마. 네가 위험해질 수도 있어."

"누나 말고 절 위협할 사람이 있어요?"

"총과 수(數)로 밀어붙이면 어쩔 수 없어."

"그건 무섭죠. 그럼 어쩔 수 없네요. 누나가 책임지세요."

"뭐?"

당황하기는.

"절 보호해 주면 되잖아요. 소문이 거짓으로 밝혀질 때까지 같이 있자고요."

"그건……."

"나뿐만 아니라 문파 식구들도 위험할 수 있어요. 아예 대놓고 같이 다니면서 아니라고 말하는 편이 더 좋은 것 같아서 하는 말이에요."

"……."

"싫으면 어쩔 수 없고요. 결혼도 못 해보고 총 맞아 죽기는 싫은데……."

"좋아, 그렇게 해."

순수한 건지, 멍청한 건지 모르겠다.

나랑 같이 다니면 오히려 소문을 부채질하는 걸 모르고 허락한단 말인가.

아니, 어쩌면 내가 이용당하는 걸 수도 있는 건가.

어찌 되었든 난 제갈무량을 만나야 했고, 그의 손녀 옆에 있는 것이 가장 빨리 만날 수 있는 방법이었다.

"이틀 만인데 한 판 어때요?"

"미안하지만 안 돼. 날 따라다닐 생각이면 지금 준비해서 나와. 갈 데가 있어."

"사형제들에게 얘기할 것이 있는데 괜찮겠죠?"

"응."

난 불곰에게 몇 가지를 지시한 후 그녀를 따라갔다.

골목을 빠져나오니 차가 대기 중이었다.

"네가 먼저 타."

"네네."

난 차에 올랐고, 운전사와 보조 운전석에 앉아 있는 사내들을 보고 말했다.

"저희 절대 사귀는 것 아닙니다. 만난 것도 고작 다섯 번, 아니, 여섯 번인가? 어쨌든 그 정도고 그때마다 대련만 했을 뿐입니다. 저 좀 살게 소문 좀 내주십시오."

"……."

"……."

"쓸데없는 소리 마. 이들은 믿을 만한 사람들이니까."

"믿을 만한 분들이니까 더 얘기를 해야죠."

"더 이상 얘기하면 총 맞아 죽어도 모른 체할 거야."

"넵!"

백미러로 운전사가 웃음을 참고 있는 게 보인다.

"집으로 모실까요?"

"아니, 일단 남궁린이 있는 곳으로 가요."

"알겠습니다."

차는 빠르게 청룡단이 있는 푸동지구의 빌딩 숲으로 향한다.

그리고 도착해 엘리베이터에 오르자 제갈화령이 한 소리 한다.

"내가 말하라고 할 때만 해. 아까처럼 얘기하면 더 오해할 가능성이 높아."

이런, 눈치가 빵점은 아니다. 그런데 아무 말하지 않는다고 과연 오해를 하지 않을까.

"알았어요."

가급적 오래 붙어 있어야 하니 밉보일 이유는 없었다.

32, 33, 34층을 청룡단이 쓰고 있었는데 34층이 남궁린이 있는 곳이었다.

남궁린에게 가기까지 꽤 많은 경호원들을 지나쳐야 했는데 제갈화령에게 인사를 하는 사람들은 있어도 잡는 사람은 아무도 없었다.

비서실로 들어가자 네 명의 직원이 있었는데 그중 눈에 띄는 여자가 보였다.

능려안.

천락을 그만둔 후 그녀에게 걸어둔 최면을 바꿨다.

이 주에 한 번 내가 지정한 공원에서 만나 정보를 얻고 있는 것이다.

물론, 그녀는 여전히 내가 천락의 찬으로만 알고 있을 뿐이었다.

"일단 나 먼저 들어갈게. 넌 여기서 대기하고 있어."

"그러죠."

제갈화령이 들어가고 난 비어 있는 의자에 앉아 귀를 열었다.

어떻게 된 게 두 사람의 대화는 항상 이런 식으로 듣게 되는 것 같다.

"어쩐 일이야?"

"할 말이 있어서 왔어."

"왜? 이번 소문은 가짜라고 말하고 싶은 거야?"

"맞아, 헛소문이야."

"하아! 넌 네가 알고 있는 나에 대한 소문이 헛소문이이라면 믿을래?"

"아니."

어이어이, 아가씨. 그렇게 말하면 어떻게 해. 나에 대한 해명을 하러 온 거야. 아님 차도살인을 할 생각으로 온 거야?

"…그래서 나도 못 믿겠어."

"못 믿겠다면 어쩔 수 없지. 한데 그 사람에게 손은 대지 말았으면 좋겠어."

"두둔… 하는 건가?"

"아니, 귀찮아서. 나 때문에 누군가가 죽는다는 게 마음에 걸려서 데리고 다니기로 약속했거든."

날 애완견 취급하는 거냐!

"데리고 다닌다고? 여기까지 데려왔단 말이야!"

"맞아, 증인으로 데려왔어."

"그럼 얼굴을 볼 수 있다는 거네?"

"딴 맘먹지 마."

"하하하! 천하의 백호단주께서 협박을 하니 가슴이 떨리는군. 왜, 유천이 놈에게 한 것처럼 목을 조르고 협박이라도 해 보지그래."

역시!

제갈화령이 백호단주였다.

"그놈을 만나 무슨 말을 들었는지 모르지만 믿어봐야 네 손해야."

"그건 내가 판단하지. 놈의 얼굴을 보고 싶군."

놈놈 하지 마, 듣는 분 기분 나쁘다.

"듣고 있을 거야. 들어 와."

"무슨……."

난 들어오라는 말을 듣자마자 문을 열고 들어갔다.

남궁린은 꽤 놀란 표정이다.

"안녕하세요, 위즐러 챈입니다."

"남궁린이오. 주작단의 정보력이 이토록 허술할 줄은 생각도 못했군."

"네?"

"아니오. 한데 둘 사이가 아무 사이도 아니라는 걸 증명하러 왔다고 했소?"

"물론입니다."

"증명해 보시오."

남궁린, 한마디로 철없는 놈이다.

저놈이 천외천의 수장이 되면 난 복수를 하지 않아도 알아서 무너질 것 같다는 생각이 들 정도다.

"소문의 진원지는 두 사람의 사이를 깨뜨리려는 사람의 소행일 겁니다."

"아는 소리는 집어치우지."

싸가지 없는 놈. 끝까지 들어.

"그 사람을 A라고 하죠. 내가 A라면 제일 처음 여기 있는 누나를 찾아갔을 겁니다. A가 마음속으로 누나를 품고 있으니 고백이라도 할 심정으로요. 근데 받아주지 않았을 겁니다. A는 화가 나, 난 척일수도 있겠죠, 아무 말이나 내뱉으며 당신의 약점을 은근슬쩍 알려줍니다. 물론 거짓을 더해야겠죠."

"그래서?"

"남자라면 자기 약혼녀가 바람을 피웠다 생각하면……."
"바람 아니야."
"말을 바꾸죠. 약혼녀가 즐겼다고 생각하면……."
"아니야!"
"화령! 방해하지 마."
젠장, 이유라도 얘기해 주던가.
남궁린의 제지로 말은 계속 이어졌다.
"어찌 되었든 남자라면 화가 솟구치죠. 그래서 찾아갑니다. A는 남자이니 남자의 심리를 잘 알죠. 당연하게도 두 분은 싸우게 되겠죠. 이성을 잃은 남자와 솔직하다 못해 속기도 잘 속는 여자."
"재미있는 표현이군."
"사실이니까요. 어쨌든 상황상 싸울 수밖에 없습니다. 아마 당신은 A를 찾아갔을 겁니다. 죽이기 위해서일수도 있고 사실 유무를 파악하기 위해서 말이죠. 화가 나도 사실을 알아야 하니까요."
제갈화령은 약간은 어이없다는 표정으로, 남궁린은 흥미롭다는 표현으로 쳐다본다.
"한데 A는 더 영악하게 굽니다. 찾아간 당신을 화를 나게 만들겠죠. 거짓과 진실을 교묘하게 뒤섞어서 말입니다. 물론 거기까지만 해선 아무리 이성을 잃었다고 해도 속지 않죠. 거기서 한 가지를 더합니다. '당신의 여자는 당신이 생각하는 것처럼 순진하지 않다' 라는 사실을 알려주기 위해 누나와 붙어 있는 불쌍한 남자를 희생양으로 내몹니다."

"불쌍한 남자는 당신을 말하는 거요?"

"물론이죠. A의 입장에서는 내가 아니었다고 해도 누구라도 불쌍한 남자로 만들 수 있었겠죠."

"그러니까 댁의 말은 A의 계략이다? 내가 당신을 죽이면 우리 둘 사이가 더욱 멀어질 테고?"

"맞습니다."

"증거가 아니라 소설이군."

이미 수긍을 하고 있는 주제에 인정하기 싫은 모양이다.

내가 말한 건 소설에 가깝다는 말은 맞다.

그러나 70퍼센트는 지난번 들었던 말과 오늘 들은 말을 토대로 한 것이니 틀렸다고 생각하지는 않을 것이다.

"만일 내가 A라면 불쌍한 남자에 대한 약점을 당신에게 줬을 겁니다."

"가령?"

"당신의 문제와 비슷한 걸 줬겠죠. 여자랑 데이트하는 장면이나 섹스 동영상 같은. 그리고 그걸 보여주고 반응을 보라고 했을 겁니다. 한데 누나가 그런 것을 보고 어떻게 반응을 하든 당신은 누나를 의심했을 겁니다. 굳은 표정이면 굳었다고, 인상을 쓰면 인상을 썼다고 상상의 나래를 펼치게 되죠."

"하!"

특이한 감탄사를 뱉는 남궁린.

"틀렸나요?"

짝짝짝짝!

부끄럽게 박수는.

"마치 당신이 계획을 짠 것 같군요, 미스터 챈. 완벽하게 맞췄소. 그가 준 동영상을 보겠소?"

"됐습니다. 제발 내 사생활을 보호해 주시죠."

난 예의를 갖춰 말했지만 남궁린은 이미 제갈화령을 보고 있었다.

"볼래?"

"응."

미친 거 아냐! 왜 그걸 당신이 보냐고!

막고 싶었지만 남궁린은 이미 플레이를 시켰고, 제갈화령은 묵묵히 보기 시작했다.

내가 제갈화령의 남자라고 소문이 났을 때 가장 먼저 떠오른 것이 헤븐에서의 감시 카메라였다.

설마 하고 말한 것인데 정말 가지고 있을 줄은 몰랐다.

"본 소감이 어떻죠?"

"글쎄, 남자들은 저런 걸 좋아하는 건가?"

"가장 무난한 대답이네요. 하지만 그래도 의심을 받게 되죠. 의뭉스럽게 넘겼다고 말이죠."

난 모든 대답을 마치고 판결을 기다리는 죄인처럼 한 발자국 뒤로 물러나 둘의 대화를 듣는다.

"증거로 인정할 수밖에 없네. 좋아, 이 문제는 넘어가도록 하지."

"확실히 말해. 넘어가는 건지 의심을 지운 건지."

"지웠어. 저 남자에 대해서 난 손끝도 대지 않겠다고 약속하지."

"알았어. 할아버지를 봬야 해서 이만 가볼게."

"그래, 그리고 불쌍한 남자도 잘 가시오."

청룡단을 내려와 차를 타자 제갈화령이 다소 퉁명스럽게 말한다.

"청산유수네."

"살아야 하니까요."

"그럼, 해결됐지?"

"전혀요."

"좋은 녀석은 아니지만 약속을 어기지는 않아."

"누나 말이 그렇다면 약속은 지키겠죠. 하지만 A를 이용해 날 죽이려 할 겁니다."

"무슨 말이야?"

"아무것도 해결된 게 없다는 거죠. 난 여전히 총을 맞아 죽을 수도 있다, 그 말이에요."

"황보유천에게 오늘 들은 얘기를 하면 그가 널 죽일 거라고?"

"그래요. 특히 당신이 그 동영상을 본 순간부터 내가 했던 말들은 도로 아미타불이 됐어요. 남궁린도 절대 약속을 지키지 않을 겁니다."

"내가 동영상을 본 것이 그리 잘못인가?"

"이해 못했으면 상관없어요."

"똑바로 말해. 왜 동영상을 봤다고 남궁린의 마음이 바뀌었다는 건지?"

"그야 누나가 실수했으니까."

제갈화령은 아무렇지 않게 본다고 했지만 주먹을 꽉 쥐며 인상을 쓰고 있었다.

나조차도 너무 뜻밖에 일이라 동영상이 어떠냐고 물었는데 그따위 대답이라니.

"그러니까 무슨 실수!"

대답하기 싫은데 계속 강요를 한다.

말해주지 않으면 당장에라도 눈에서 레이저를 발사할 기세였다.

"나 좋아해요?"

"…뭐, 뭐? 무슨 그런 황당한 소리를……."

"아까 동영상 볼 때 지금과 같은 행동을 했어요. 대답이 됐어요?"

"……."

밥통 같은 여자.

나 좋아하지 마, 난 당신의 적이라고!

* * *

빌딩 숲에 둘러싸인 똑같은 모양의 고급 단독주택들이 모여 있는 곳에 제갈화령의 집이 있었다.

그녀의 집 앞에는 제갈무량의 차로 보이는 검은색 아우스 자동차가 서 있었다.

"밖에 있을까요?"

"…아니, 남궁린이나 황보유천보다는 할아버지를 더 조심해야 할 거야."

좀 전에 한 말 때문인지 제갈화령의 말투는 딱딱하게 굳어 있었다.

'강하군.'

집에 들어가 제갈무량을 본 첫 느낌은 제갈화령과는 다른 강함이었다.

눈이 마주쳤다.

그의 눈빛은 마치 나의 속을 들여다보는 듯했다.

"오셨어요, 할아버지."

"그래, 조금 전에 린에게 얘기 들었다."

"처음 뵙겠습니다. 위즐러 챈입니다."

"반갑네. 이 애와 얘기하려는데 잠깐 이 층으로 올라가 주겠나?"

내 대답보다 그녀의 말이 더 빨랐다.

"소용없어요. 귀가 워낙 밝아서요."

"그래? 그렇다면 밖에 세워둬도 소용없겠구나."

"네."

잠깐 의외라는 눈빛으로 바뀌긴 했지만 금세 날카로운 눈빛으로 돌아온다.

난 두 사람이 대화하는 데 방해하지 않을 생각으로 2층으로 올라가는 계단에 자리를 잡았다.

"소파에 앉아."

사양할 일은 아니었기에 그녀의 말대로 그녀의 맞은편, 제갈무량의 오른편에 앉았다.

"네가 마음에 들어 하는 걸 보니 꽤 강한가보구나?"

"조만간 제 수준에 이를 겁니다. 아니, 워낙 음흉한 사람이라 이미 제 수준일지도 모르죠."

"음흉하다니, 마음에 드는구나. 허허허!"

별 칭찬 같지 않은 칭찬을 끝으로 나는 둘의 대화에서 벗어날 수 있었다.

"어떻게 하기로 하셨어요?"

"남궁린이 칭얼대서 보여주기 위해 온 것뿐이다. 문주도 나도 생각이 바뀌지 않았다."

"그럴 거라 생각했어요."

"하지만 여자가 조신하지 못하게 처신한 것은 분명 너의 잘못이다."

"죄송해요, 생각이 짧았어요."

다른 사람들에겐 또박또박 말대꾸를 잘하더니 정작 제갈무량의 말엔 고분고분하다.

"내일 남궁린에게 가서 잘못했다고 하거라."

"그건……."

"조금만 참으면 된다. 그러면 너와 네 아이는 하늘의 주인이 될 것이다."

"…네."

옆에서 보는 내가 답답하다.

도대체 천외천의 문주가 되어 무슨 영화를 누리려고 저러는지 모르겠다.

늙은 자신이야 얼마 남지 않은 인생 소망을 이루고 죽어 여한이 없을지 모르겠지만 손녀인 제갈화령은 원치 않은 삶에 고통받으며 더 오래 살아야 하지 않은가.

답답했다.

두 조손을 보고 있는 내가 답답해 죽을 지경이다.

인생에 정답은 없다.

복수에 미쳐 사는 날 보고 다른 사람들은 답답해할지도 모른다.

저들의 인생도 알아서 살게 내버려 둬야 하는데 보고 있자니 참을 수가 없었다.

문득, 제갈화령이 삼인칭으로 애기하며 처연하게 웃던 모습이 떠올랐고, 결국 그들의 대화에 끼어들고야 말았다.

어차피 제갈무량과 얘기를 나눌 생각이었으니 약간만 계획을 수정하면 그뿐이었다.

"말씀 중에 죄송하지만 전 화령 씨를 좋아합니다."

"뭐라?"

"……!"

황당한 표정의 두 사람.

내친걸음이다.

"원하는 것이 '하늘의 주인' 이라면 드리겠습니다. 그러니 화령 씨를 저에게 주십시오."

주면 그때 거절하면 된다.

"…하? 아핫핫핫핫! 음흉한 녀석이라더니 이제 보니 미친 녀석이 아닌가!"

"너 미쳤어!"

제갈무량은 어이없다는 듯 웃었고, 제갈화령은 인상을 쓰며 소리친다.

"그래, 어떻게 줄 수 있는지 들어보기로 하지. 허튼소리라면 각오는 해야 할 것이야!"

마지막에 살기를 쏘아 보내는 제갈무량이지만 그 정도에 겁먹을 내가 아니었다.

"말씀드리기에 앞서 한 가지 묻겠습니다. 온전한 전체의 것을 원하십니까? 내 것인 반을 원하십니까?"

"선문답이더냐? 좋다! 너의 장단에 맞춰주지. 반이라도 내 것이 당연히 좋겠지."

"그건 오히려 간단합니다. 머리를 자르는 겁니다. 그리고 그 자리에 홀로 앉으면 됩니다."

"머리는 어떻게 자를 생각이지?"

"제가 잘라드리겠습니다. 그 다음엔……."

"그 다음도 있나?"

"당연히 말을 듣지 않는 팔다리를 잘라야겠지요. 그것도 제가 해드리겠습니다."

"말로는 천하를 다 가질 놈이로고."

"제갈 노사님께서도 조금 전에 그러셨습니다."

"내가 그랬다고?"

"화령 씨에게 말씀하셨습니다. 하늘의 주인을 화령 씨와 그 아이에게 주겠다고. 그러지 않으셨습니까?"

"그랬다. 나에게는 그럴 능력이 있다."

"제가 보기엔 아닙니다."

"이놈! 듣자 듣자 하니 못하는 말이 없구나! 쓸데없는 말장난으로……!"

난 단전을 풀고 살기를 제갈무량에게 집중시켰다.

그는 살기에 말을 하지 못하고 입만 벙긋거린다.

"너 무슨……!"

"쉿! 가만히 계세요."

제갈화령이 나서려고 했지만 일단 난 그녀의 행동을 막고 말을 이었다.

"노사님의 계획엔 허점이 많습니다. 첫 번째, 노사님이 언제든 죽을 수 있다는 점을 빼놓으신 것 같습니다. 남궁린의 할아버지가 정말 노사님의 계획을 모른다고 생각하십니까? 저라면 '하늘의 자리' 가 결정된 다음날 노사님의 목을 노릴 겁니다."

"……."

"준비하고 있다고 말씀하지 마십시오. 경호원들에 둘러싸여 화령 씨와 그 아이를 '하늘의 자리' 에 앉힐 수 있다고 생각하시는 건 오만입니다. 그때를 벗어나도 계속 노릴 겁니다. 그들도 노사님이 생각하는 바를 알고 있으니까요."

살기를 풀었다.

그러나 제갈무량은 아무 말도 하지 않고 그저 노려만 본다.

"두 번째, 살아 있다는 가정 하에 말씀드리죠. 저라면 반드시 죽이겠지만 말입니다. 과연 화령 씨를 '하늘의 자리' 에 앉힐 수 있느냐 하는 것입니다. 장로들을 장악해야할 텐데 말로 가능할까요? 가진 건 달랑 두 자리. 그걸 늘이는 방법은 역시 그들을 죽이는 거죠. 그럼 묻겠습니다. 난 그럴 능력이 있다고만 말씀하셨는데 누굴 이용할 생각이시죠? 제가 보기엔 백호단을 이용할 거라 생각하는데 잘 못 생각한 건가요? 과연 제 계획이랑 뭐가 다르죠?"

"…계속 해봐라."

"제가 보기엔 아무리 노사님이 뛰어나도 두 번째 계획을 완성하기 전까지 살아남을 수 없습니다. 왜냐, 노사님은 이미 완벽히 노출이 되어 있기 때문입니다."

"이십 년을 준비한 계획이다."

"이십 년간 다른 사람들은 놀고먹었답니까? 노사님의 야욕이 눈에 보이는 순간, 그들도 움직였을 겁니다."

"그마저도 계산된 것이다."

"적들도 계산은 할 줄 압니다. 미래를 볼 수 있는 사람이 준비한 이십 년 계획은 무섭지만 미래가 어떻게 될 것이다 하고 막연히 생각한 사람이 세운 이십 년 계획은 그저 공상에 불과합니다. 계획은 최종 목표만 놔두곤 언제라도 바뀔 수 있어야 성공할 수 있는 것입니다."

"클클클! 네가 어찌 내 계획을 알겠느냐?"

"듣지 않아도 실패할 계획이라는 것은 알 수 있습니다."

"광오하구나."

"광오한 게 아니라 아까 거실에 들어서면서 알게 되었습니다."

"무슨 말이지?"

"남궁린에게 저에 대한 얘기를 들었을 때 계획에 절 넣으셨어야 합니다."

"……."

"전 변수입니다. 그것도 어마어마한."

낯이 간지럽다.

제갈화령도 내 자화자찬에 경멸스럽다는 표정을 지었지만 무시했다.

제갈무량은 생각에 빠져 있었다.

이십 년간 세운 계획을 부정당했으니 그로서는 참기 힘든 게 당연한 일이다.

하지만 그는 잘 생각해야 했다.

그가 거부를 하면 난 이 자리를 벗어나 황보유천에게 가 같은 제안을 할 것이다.

그의 결정을 돕기 위해 한 마디 더 할 때였다.

"노사님은 화령 씨가 강해졌을 때 이미 제가 말한 계획으로 바꿨어야 합니다. 그랬다면 이미 '하늘의 자리'를 차지했겠죠."

"…나 역시 생각했네. 하지만 화령이 혼자 감당하기엔 벅찬 일일세."

계획을 부정당해 혼란스러운 건지 제갈무량은 아까와 같은 힘이 없었다.

자! 이제 손을 내밀어줄 때다.

난 제갈화령 옆으로 걸어가 어깨동무를 했다.

그리고 달싹거리는 그녀의 입보다 먼저 입을 열었다.

"이렇게 두 사람이 노사님의 계획에 합세하면 어떻게 되겠습니까? 하늘의 자리! 화령 씨에 앞서 노사님이 앉으시는 건 어떻습니까!"

제갈무량은 우리 둘을 빤히 바라본다.

그리곤 묘한 눈빛을 발하며 생각에 빠진다.

"으득! 좀 있다 얘기 좀 해."

이를 부득부득 갈며 협박을 한 제갈화령은 어깨를 두른 내 손을 팽개치고 할아버지에게 다가간다.

할 만큼 했으니 이젠 시간을 줄 차례.

두 사람만의 시간을 줄 겸, 언제든 도망도 칠 수 있게 집 밖으로 나와 천천히 주택단지를 걸었다.

부우웅~ 부우웅~

때마침 전화가 왔다.

봉구 형?

쫓겨서 한국으로 간 뒤 한 번도 연락이 없었다.

이제 화가 좀 풀렸나보다 싶어 통화 버튼을 눌렀다.

"봉구 형, 이제 화 좀 풀렸어요?"

—…….

"안 들려요? 여보세요? 여보세요?"

그때 들리는 중저음의 중국어.

—오랜 만이구나, 위즈. 아니, 무찬이라고 해야 하나?

목소리를 듣는 순간 소름이 쫘악 돋는다.

난 쥐어짜듯 겨우 말했다.

"클로버……."

그리고 별의별 생각이 머릿속을 휘젓는다.

가장 걱정되는 건 봉구 형과 우니의 안전.

"둘은… 잘 있나요?"

—둘이 아니라 셋이지.

셋? 설마……?

일사병에 걸린 사람처럼 난 땅바닥에 주저앉았다.

한 줌의 기운조차 없었고, 이명과 어지러움에 구토가 몰려온다.

'정신 차려, 무찬! 그들을 생각해!'

세 사람을 생각하며 무너지는 정신세계를 겨우 붙잡는다.

—네 목소리를 듣고 싶어 하는 아이가 있는데 잠깐 바꿔주지.

전화기를 건네는 소리는 들리는데 아무런 말이 없다.

그리고 낮은 숨소리.

기억한다, 이 숨소리를.

눈앞이 흐려진다.

—…나, 해윤이. 들려?

"…오랜만이다, 해윤아. 다들 괜찮아?"

—으응, 곧 갈게. 이번엔 도망가지 마.

"응!"

정말 많은 말들이 생각나는데 정작 나오는 말은 '응' 이라니…….

전화기는 다시 클로버에게로 옮겨진다.

난 외쳤다.

"절대! 절대! 그들을 건드리면 용서하지 않을 거야! 기억해! 절대… 건드리지 마!"

힘 있게 외쳤지만 의미 없는 외침이라는 걸 너무나도 잘 알고 있었다.

하지만 지금은 그 말밖에 할 수 없었다.

내 울부짖음을 뚫고 클로버의 음성이 귀에 닿는다.

—곧 가마, 기다리거라.

『복수의 길』 8권에 계속…